愛と欲望のロマネスク
「もう少し、こうしててもいい……？」
まだ顔を上げられるほどには回復していないのか、一尉が額の位置を変えながら目を閉じる。丸くなった背に両手を回すと、日夏はシャツ越しにその背中を撫でた。

愛《あい》と欲望《よくぼう》のロマネスク

桐嶋《きりしま》リッカ

ILLUSTRATION
カズアキ

CONTENTS

愛と欲望のロマネスク

愛と欲望のロマネスク

1

いつの日か、と思ってはいた。

でも、それがこんなにも突然やってくるなんて――。

未来とは遠い先ではなく、ほんの一歩先にあるものなのかもしれない。


昼食を載せたトレーを手にいつものテラスを目指しながら、森咲日夏《もりさきひなつ》はことさら足元に意識を集中させた。なぜならわずかな段差に躓《つまず》いただけでも、後ろにいる誰かが息を呑《の》む気配が伝わってくるからだ。だが下にばかり気を取られていたせいで、前方からきた人物にぶつかりそうになった途端、背後からするりと回ってきた腕が日夏の体にストップをかけた。

「危ないから、ちゃんと前も見てね」

わかってるっつーの……と小声で返してから、日夏は半眼になって唇を尖《とが》らせた。

転ばないよう気をつけろだとか、前もきちんと確認しろだとか、とにかく注文が多すぎるのだ。気持ちはわからないでもないので日夏としても注意しているつもりなのだが、いかんせんこんな身になってまだ日が浅い。つい油断が出てしまうのは仕方のないことだろう。

「やっぱり、俺が持つよ」

「え、あ」

日夏を抱き留《と》めていた手が、有無を言わさずトレーを奪っていく。一気に手持ち無沙汰《ぶさた》になった気分で歩を進めながら、日夏は隣に並んだパートナーの横顔を見やった。

四月に初めて出会ったときは、最悪な相手だと思った。自分と似た境遇に生まれながらそれ以外は何もかもが正反対で、かたやエリート風紀委員、かたや跳ねっ返りの問題児、ぜったいに相容《あいい》れない存在だと確信すら抱いていたのに。そんな第一印象が完全に反転したのは、それから数週間経《た》ってからのことだった。いまでは、日夏の人生になくてはならない伴侶なのだから。

(人生ってホント、わからないもんだよな)

家柄や資質のみならず、能力と才能にも恵まれた学院の誉《ほま》れたる存在、それが日夏の婚約者である吉嶺一尉《よしみねいちい》のプロフィールだ。その輝かしさに釣り合う相手かどうか、いまだに日夏の出自を揶揄《やゆ》する者も中にはいるが、ほかの誰でもない、互いが求め合っているのだから外野のくだらない意見など耳に入れるだけ無駄というものだ。日夏が惹《ひ》かれたのは一尉の人柄であって、派手なバックグラウンドなどではない。一尉の優しい一面や思いやり深さは、誰よりも自分がいちばんよく知っている。

「どうかした」

視線に気づいた相手が、意を問うように緩く首を傾《かし》げてみせる。涼しげな印象を与える怜悧《れいり》な目元から、ビターチョコレート色の髪がさらりと流れた。より露《あらわ》になった切れ長の瞳が労《いたわ》しげに自分を見つめていることに気づいて、日夏は喉元にわだかまっていた不平を呑み込んだ。

自分が気遣われていることはよくわかっている。それに不満があるわけではない。

（でも、何ていうか、こう……）

うまく言葉にならないモヤモヤが、なぜかこのところずっと胸の片隅を占めていた。気鬱《きうつ》になるほど深刻ではないものの、胸に巣食うそれのせいで息がうまく吸えないような、正体不明の気がかり。

それをぐっと腹の底に押し込めてから、日夏は「べつに」と首を振ってみせた。

「今日から新学期とか、面倒くせーなって」

昨日までの休暇気分が、どうにも抜けきっていないのは本当のことだ。怠惰にすごせた日々に別れを告げ、学業に追われる規則正しい毎日を今日から送らねばならないのかと思うと、気が滅入ってくる。――もっとも委員長気質な恋人のせいで、日夏の夏休みはそれほど怠惰にはならなかったのだが。休暇中に課題を終わらせられたのなんて、生まれて初めてのことだ。それに。

（ちょっとした爆弾もあったしな）

そのせいで休暇の後半からは、これまでとは違うリズムでの生活を送るはめになったのだ。そのリズムを持ち越したまま、新学期がはじまることに不安がないわけではない。

「今日は始業式だけだから、べつに休んでもよかったのに」

「まあ、そうなんだけどさ……」

実際きたはいいものの、式の間中、講堂の椅子《いす》で舟を漕《こ》いでいたような有様なので、きたかいがあるとはとても思えない現状ではあるのだが、家に一人でいるよりはましだと思ったのだ。

（つーか、そばにいて欲しかった……みたいな）

そこまでは口にできなくて、日夏は押し黙ったまま、一尉と並んで食堂を出た。

途中でいつもなら通る温室をわざわざ迂回《うかい》したのは、匂いに過敏になっている日夏に対する気遣いだろう。ガラスのドーム内には各所にテーブルが設《しつら》えられていて、そこで昼食を取る向きも多い。常に一定の気温に保たれた室内は季節を通じてすごしやすく、人気のスポットでもある。普段なら気にもしないのだが、いまあの館内に充満しているだろう花と食物の匂いは、想像しただけでも日夏にダメージをもたらした。

（う……）

ふらつきそうになった足元を意地で堪《こら》えてから、日夏は「それで？」と一尉の方に目を向けた。藍色の瞳が怪訝《けげん》そうに細められているところを見ると、いまの不調は見咎《みとが》められてしまったらしいが、日夏の気持ちを汲《く》んでかそれには触れずに、一尉の眼差《まなざ》しが先を促してくる。

「午後は会議なんだろ。何だったら俺、待ってるけど」

「いや。日夏は先に帰ってて。もしかしたら長引くかもしれないし」

新学期そうそう、風紀委員会には何やら重要な議題が上げられているのだという。すぐ済むようであれば教室で待とうかと思っていたのだが、一尉のこの口ぶりではいつまでかかるか本当に読めないのだろう。過保護にも家まで送らせる要員として、メガネか吊《つ》り目か天然という三択を出されて、日夏は思案のすえにメガネを選んだ。その選択が意外だったように、一尉がわずかに瞳を丸くする。

「てっきり、親戚《しんせき》を選ぶと思ってた」

「……その言い方」

日夏の親戚筋でもある吊り目に対して一尉の風あたりが強いのは、その吊り目がほんの束《つか》の間《ま》だが、自身のライバルだったからだろう。もしも一尉が現れなければ、日夏が彼と婚約していた可能性は確かに高い。三年も共に暮らしていたおかげで互いに気心も知れているし、同性との婚約をほとんど義務のように科されていた自分にとって、それは得難い選択肢だった。

とはいえ、すべて過去の話だ。日夏はもう一尉の手を取ったのだからそれ以外の未来なんて見てもいないというのに、こうして思い出したように蒸し返してくるのは。

（最近じゃ、わざとだよな？）

一尉の中でもネタのひとつとして扱われるまでになった、ということだろう。こちらとしてはそのたびに針でつつかれているような落ち着かない心地になるのだが、一尉としてはそんな反応を見るのが楽しいらしい。半ば本気で追及されていた頃に比べればはるかにましなので、日夏も近頃は適度に反応しつつスルーするスキルを身につけた。

「つーか、あいつら全員きてんの？　めずらしいじゃん」

「三人とも、途中登校だとは思うけどね」

一尉が溜《た》め息《いき》を漏らしながら、顰《ひそ》めた眉間に憂いを乗せる。学内での振る舞いにおいて、悪友三人は明らかに問題児側だ。日夏と違ってそれぞれに要領はいいのでたいして問題視はされていないが、自身とかかわりの深いメンツの素行が悪いのは、風紀としては頭の痛い点なのかもしれない。とはいえ、いちばんの問題児だった日夏が（済《な》し崩し的にとはいえ）一尉のおかげで劇的な変貌《へんぼう》を遂げたのだから、学校側には感謝されているとも聞く。

一尉と出会うまでの自身の行いを振り返ると、我ながらひどかったな……と思わなくもないのだ。教師の小言のすべてに反発して、校則違反の限りを尽くし、禁じられたバトルに明け暮れる日々は、当時の日夏にできる『椎名《しいな》』本家への精いっぱいの抵抗でもあったが、それは同時に自身の足場や精神を削る日々でもあった。

己の生まれ持った「半陰陽」という体質ゆえ、宗家でもある祖母から強いられる無体な要求の何もかもがあの頃は憎くてたまらなかった。

こんな体質でさえなければと、どれだけ願ったろう。

（それが、いまじゃ——）

日夏は無意識のうちに詰めていた息を、気づかれないようにそっと吐き出した。

「それにしてもよく晴れたね、今日は」

一尉の言葉に誘われるようにして、翳《かざ》した指越しに空を仰ぎ見る。テラスへと続く小径《こみち》を緑鮮やかに彩る蔦《つた》のアーチを潜《くぐ》りながら、葉の隙間《すきま》から覗《のぞ》く空の青さにしばし見入る。晴れたわりには涼しい気候のおかげで、食堂からは多少距離があるにもかかわらず、ガーデンテラスは今日も盛況だった。ほどなくして見えてきたいつものラウンドテーブルに、メガネと吊り目の姿を見つける。

こちらの姿に気がつくなり、ラップトップのキーボードに指先を躍らせていたメガネが「よう」と片手を上げた。その隣では、しごく眠そうな顔つきで吊り目が頬杖《ほおづえ》をついている。どうやら今日も寝不足らしい。天然の姿は見あたらないが、登校しているのならいずれ顔を出すだろう。このメンツとは休み中も何度か顔を合わせてはいたが、制服で勢揃《せいぞろ》いするのは一ヵ月半ぶりだった。

「おまえら、講堂いた？　見かけなかったけど」

いつもの席に腰を下ろしながら順に見やると、メガネ——八重樫仁《やえがしじん》が「よく言う」と呆《あき》れ交じりに笑ってみせた。「式の間中、寝てたくせに」と指摘できるところをみると、八重樫は確かにあの場にいたのだろう。吊り目——古閑光秀《こがみつひで》の方は、よくよく見ればカッターシャツに不自然なしわがよっている。式に出ていたとして、きっと自分と同じく椅子で寝こけていたに違いない。

日夏たちが通う『聖グロリア学院』は、都内でも指折りの名門校として名を知られている。幼稚舎から大学院まで続く完全無欠なエスカレーター制は、政財界をはじめとする各界に著名人を送り込んでおり、その制服は着ているだけでも一種のステイタスを発揮する。

英国のパブリックスクールを意識したとも聞くその上下は、どこにいても人目を引くシックな華やかさがあった。暗緑色のブレザーの襟や袖口には金糸のパイピングが施されており、墨色のスラックスやタイと合わせることで、落ち着いた雰囲気の中にも豪奢《ごうしゃ》な風情《ふぜい》を漂わせているのだ。

ブレザーの胸元には校章でもある「月と星と太陽」を模したエンブレムが同じく金糸で刺繍《ししゅう》されていて、右襟には学年などを示す徽章《きしょう》が並ぶ。

（一尉みたいな優等生が着る分には、恐ろしく似合うけどね）

すぐに着崩してしまう自分みたいなタイプには分不相応な気がするのだが、その一尉の影響で最近はきちんと着るように心がけている日夏である。規定どおりに隙なく着こなされた一尉の制服姿はときに見惚《みと》れてしまうほどで、その隣に並ぶからにはせめて、という悪足掻《わるあが》きでもある。

夏服は冬服ほどは目立たないものの、細かい銀糸のストライプが入ったカッターシャツは光の加減でキラキラと光り、冬とは違った意味で目を引く。胸ポケットに刺繍された銀色のエンブレムは、墨色のタイとスラックスとの対比でよく映えた。家柄や資質に恵まれた者のみがこの制服を着ることを許されるので、自然と育ちのよさや品格がにじみ出るのだろう、とは世間の評だ。

名門校であるグロリアへ入学するには、家格や才能を含め越えなければならない関門がいくつかあるのだが、まず前提として「ヒトならざる存在」——すなわち「魔族」であることが問われる。

魔族とはその名のとおり、魔物の血を宿す者たちの総称だ。大きく分けて三種の血統があり、それぞれはグロリアの校章でもある「月と星と太陽」で表される。そのうちの月を司《つかさど》るのが、狼男《おおかみおとこ》の素質を継ぐと言われる「ライカン」だ。日夏の斜向《はす む》かいでラップトップを眺めている八重樫がその末裔《まつえい》にあたる。薄茶色の髪に青系統の瞳が特徴で、傾向として快楽主義の楽天家が多いと言われる血筋だ。

月と同様に、夜を統《す》べる星を司るのが、吸血鬼の素質を継ぐと言われる「ヴァンパイア」。いまはこの場にいない天然——各務隼人《かがみはやと》がその末裔になる。どちらも黒と見紛《みまが》うほどに深い、濃紺の髪と暗紅色の瞳がその特徴でもある。傾向としては、個人主義の好事家が多いと言われている。

最後に、夜に縛られない太陽を司るのが、魔女の素質を継ぐという「ウィッチ」。日夏の右隣で大欠伸《あくび》をしている古閑がその末裔になる。赤茶けた髪に緑系統の瞳を持つのが特徴で、傾向としては秘密主義の策略家が多いという話だ。

髪色と瞳を見るだけでどの種族なのか、たいがいはひと目でわかるのが魔族だ。

テーブルにトレーを置いた一尉が、ふと思い出したようにチョコレート色の髪を掻《か》き上げた。どちらかといえば赤みを帯びたその髪色は、系統で言えばウィッチのそれにあたる。優美な指先をすり抜けた前髪が、右の目元にある涙ボクロにさらさらと下りかかった。すっきりとした鼻梁《びりょう》に薄い唇、心持ち眦《まなじり》の上がった切れ長の双眸《そうぼう》ともあいまって、一尉の端整な面立ちには凛《りん》とした気品があった。怜悧な印象をさらに際立たせるのが、涼しげな藍色の瞳だ。その色味はまるでライカンのようで——。事情を知らなければ、相対した者は一尉の種族を推すのにきっと迷うだろう。

一方、日夏の場合はオレンジがかった赤毛に濃緑色の瞳という——見た目だけならいかにもウィッチだ。母親似だという顔立ちは男としては無用に可愛《かわい》らしく、小作りな顔立ちの中でも特に目立つのが、ぱっちりとした大きな丸い瞳だ。日夏のわかりやすい外見から、種族に迷う者はいないだろう。けれど日夏には、父親から受け継いだ「目には見えない要素」が多分に含まれているのだ。

魔族は基本的に、同種族としか交わらない。ゆえにマジョリティは圧倒的に「純血種《サラブレッド》」なのだが、どんなことにも例外はある。まれに異種族の間に生まれ落ちる魔族のことを「雑種《ハイブリッド》」と呼び習わす。一尉と日夏はそのハイブリッドにあたる。

ライカンでは最大派閥になる『佐倉《さくら》』家と、ウィッチとして関東では名の知れた『吉嶺』家、その両家の間に生まれたのが一尉だ。火遊びの結果として生まれた子供に、最初はどちらの家も冷たくあたったという。だが、魔族なら必ず生まれ持つ「能力」が覚醒してからは、掌《てのひら》を返したようにどちらの家もが一尉の身柄を欲したらしい。異種族の血がせめぎ合った結果として、ときにハイブリッドは強大な魔力と能力を有する。一尉の場合はまさにそれで、その力を最大限に活《い》かすことで一尉はどちらの家にも与《くみ》することなく、己の手腕と才覚とで眩《まばゆ》いばかりの経歴を築いていった。

血筋や家柄、古いしきたりを何よりも重んじる魔族において、異種の血を引く異端たるハイブリッドは見下される傾向にある。通常であれば、魔族は四歳から五歳の間に自身の能力を覚醒させる。だが一尉の能力が覚醒したのは異例なほど遅く、八歳になってからだったという。それまでの間、一尉が周囲からどんな扱いを受けていたのか、詳しくは聞いていないが想像はつく。自身を嗤《わら》い、貶《おとし》めた輩《やから》を見返すためだけに、一尉は己の能力を磨き、緻密な計算のうえで華々しい遍歴を作り上げた。そうして、完璧なエリート像をハイブリッドの身で体現してみせたのだ。

言うなれば、いずれの血も半分しか引いていない半人前の「ハーフ」ではなく、どちらの血も継いだおかげでサラブレッドの魔族を凌《しの》いだ「ダブル」として——。魔族の中でも飛び抜けて優秀な者にしか門戸を開かないことで有名なアカデミーが一尉を迎え入れたことも、彼の経歴に箔《はく》をつけた。さらにはそこでの全課程をほんの数年で終え、修了生として凱旋《がいせん》したことで、一尉は自身の立ち位置を盤石なものにした。出会った頃の一尉は、そういう存在だった。

対して日夏は、ウィッチとしては国内最大派閥である『椎名』家の血を半分引くものの、もう半分は「ヒト」の血――魔族からしたら卑しい存在と目《もく》される『人間《ネイキッド》』の血を引く日夏は、ハイブリッドのうちでも最底辺と見なされる存在だった。

（そんなの、どうでもよかったけどね）

人間である父と魔族の母は許されざる恋に落ち、駆け落ちのすえに一粒種として日夏を儲《もう》けた。『椎名』家の追手から逃れながらの流浪の日々は、苦労もあったけれど親子三人ですごす時間は何物にも代えがたく、幸せな日々だった。母が不慮の事故で亡くなるまで、日夏は自身が魔族であることもよくわかっていなかった。人間である父が一人で日夏を守るには限界があり、日夏は六歳のときに『椎名』家に引き取られることになった。魔族という存在や守るべき掟《おきて》、逃れられない血の柵《しがらみ》、ひいては自身の特殊な「体質」について、日夏が知ったのはそれからのことだ。

外見の性別とは異なる、異性の生殖機能を併せ持つ存在、それが魔族の「半陰陽」だ。日夏の場合は「雄体《ゆうたい》の半陰陽」と分別される。男の身で身籠ることができる体質自体はめずらしくないものの、女系であるウィッチにおいては「雌体《したい》の半陰陽」の方が多く生まれ、また重宝される傾向にあった。ゆえに雄体の半陰陽は、意義のない存在として扱われがちだった。

『最低限は役に立ってもらうよ』

有力な家筋とのパイプラインとして、いずれは同性の元に嫁ぐよう言われながら日夏は育った。魔族から逃げた母の罪を、犯した過ちを子供が償うのは当然のことであり、宗家である祖母に逆らわず、家のために「使われる」ことだけが贖罪《しょくざい》の道なのだと、何度もそう言い聞かされた。

（そんなわけあるか……ッ）

無体を強いる祖母に反発することで、日夏は自身のアイデンティティを保とうとした。訳あって、両親に対する日夏の記憶は最近まで曖昧《あいまい》だったが、それでも自身の存在が祖母の言うように罪の証《あかし》だとは思わなかった。その証明のために、つい数ヵ月前まで日夏は躍起になっていた。

だが、四月に一尉と出会ったことで、日夏は己の存在意義を一度はすべて見失った。自身の無謀さと世間知らずとを思い知って、途方に暮れるしかなかった。そんな日夏に、一尉は真摯《しんし》により添ってくれた。あんなふうに人前で泣いたのは小さいとき以来だ。日夏がずっと隠していた弱さを、一尉は笑わずにただ受け入れてくれた。同時に、自身の胸のうちも明かしてくれた。一尉のまとう経歴や肩書はどれも完璧で眩《まぶ》しすぎて、その裏にある苦悩や葛藤には誰も気がついていなかった。いや一尉自身ですら、そんな感情に意味などないとそう思っていたという。日夏に出会うまでは。

『君を見てて初めて思ったよ。俺は何か大切なものを見落としているのかもしれないって』

似た境遇に生まれるもまったく違う環境で育った互いの姿は、初めは煩わしく見えていた。だが、気づけばそれは羨望に変わり、いつしか尽きない興味へと移行していった。自身の心の変遷に一尉は早くから気づいていたらしいが、日夏はしばらくの間、無自覚だった。一尉のことを知るにつけ魅了され、その人柄に惹かれていった。それが恋愛感情であることに気づいたとき、自身を縛り続けてきた体質への嫌悪がふと薄れたのをよく覚えている。

一尉と築く未来のために、自身のパズルピースはこういう形をしていたのかもしれないと思った。この形だからこんなにもうまく、一尉と繋《つな》がれるんじゃないかと——。

「日夏？」

無意識に下腹部に落としていた視線を、一尉の呼びかけで持ち上げる。はい、と目の前に滑らされたトレーの上で、皿に盛られていたフルーツがにわかに崩れた。それを見た古閑が「もうデザートかよ」と吊り目を細めて笑う。通常時の日夏の食欲が半端ないことは、周知の事実だ。朝食だけではとても昼までもたず、休み時間に間食するのはいつものことだった。

「……悪いかよ」

考えたすえにそう受け流してから、日夏は大粒のマスカットを口に放り込んだ。目線を一度逸《そ》らしてから古閑を盗み見ると、特に気に留めたふうもなくまた大口を開けて欠伸をしている。左隣に座る一尉からの視線には気づいていないふりで、日夏はカットパインでさらに口を塞《ふさ》いだ。

「——ところで、隼人は」

おもむろに周囲を見渡した一尉の問いに「ああ、あいつなら休み明け恒例」と、八重樫が肩を竦《すく》めてみせる。ブロウレスフレームのメガネの奥で、コバルトブルーの瞳が苦笑で細められた。

「大量の女子に囲まれてたから、もうちょっとかかんじゃね？」

ある意味、この場にいる誰よりも問題児なのがこの隼人だ。滴るような色気の持ち主で、穏やかで優美な物腰や甘く蕩《とろ》けるような微笑《ほほえ》みには、異性を惹きつけて止《や》まない魅力があるらしい。

そのうえ来る者拒まずなので、隼人の周囲にはハーレムが形成されがちなのだ。休み明けともなると、いつにも増して人に囲まれていることだろう。その中心で今日も今日とて、隼人はどんな相手にも惜しみない笑顔と甘い言葉とを振る舞っているはずだ。無邪気に、そして無自覚に――。恋愛という概念をまるで理解しない天然気質のタラシがどれだけ悪質かは、特筆するまでもない。

「そろそろくるとは思うけどね。――あいつに用？」

八重樫の探りに、一尉が淡い笑みを浮かべながら「まあね」と答えをはぐらかす。だがそれだけで解したらしい八重樫が「ああ、午後の会議か」と納得したように頷《うなず》いてみせた。

「あいつの能力が必要なくらい、重要な会議ってわけだ？」

「うん。それもあるんだけど――」

そこで言葉を切った一尉が、何やら意味深な視線をこちらへと向けてきた。

「――……っ」

意図を察して慌ててまたマスカットに手を伸ばすと、一尉がやや して諦めたように嘆息した。その様子に一抹の罪悪感を覚えつつも、日夏は内心だけで言い訳を述べた。

(だって、やっぱ、心の準備が……)

秘密会議と同じくらい、打ち明け話をするのにも機密性は重要だ。それを保つのに最適なのが、隼人の持つ能力『幻視《イリュージョン》』によって作られる「結界」というわけだ。その内側で語られることを、外部の者が漏れ聞くことは叶《かな》わない。

それをこの場に適用しようという、一尉の意図はよくわかる。これもまた、一尉の気遣いのひとつだ。けれど隼人がこの場にいない以上、話ははじまらないわけで——。

「にしてもプレシャスの件、派手にやられたもんだなぁ」

すでに昼食は終えたらしく、食後のコーヒーを手にしていた八重樫がタイミングよく話の流れを別方向へと持っていってくれた。

「向こうの学院長、ショックでいまだ寝込んでるってよ」

その口ぶりにはどこか物見高い調子があった。それだけで「ああ」と場に通じているあたり、どうやらこの話題に疎いのは自分だけらしい。

「何だよ、それ」

首を傾げた日夏に、八重樫が滔々《とうとう》とした語り口で最近頻発している窃盗事件について説明してくれる。曰《いわ》く、ここ数ヵ月ほど美術品や宝飾品を狙った事件が各所で起きているのだという。そしてその最新の現場が、神戸《こうべ》にあるグロリアの姉妹校『聖プレシャス学院』だったというのだ。一連の事件を受けて厳戒態勢を取っていたにもかかわらず、プレシャスは宝物庫に収められていた貴重なお宝をまんまと盗み出されてしまったらしい。その悲報は、姉妹校に対して並々ならぬ対抗心を燃やしているグロリア関係者には朗報として捉えられたらしいが——。

「明日は我が身、ってね。次の標的はウチじゃねーかって話」

「へーえ？」

生徒同士が囁《ささや》く噂《うわさ》になどまったく興味がないので、日夏はまるで関知していなかったけれど、いま校内はその話題で持ちきりなのだという。

「それもあって、今日の会議なんだろ」

八重樫の流し目に、一尉が無言で肩を竦めてみせる。

「そうなるとエリート様のご帰還は、グロリアとしちゃ願ったり叶ったりだよな」

校内のみならず、魔族の事情にやたらと詳しいのが八重樫だ。趣味が高じてなのか、それとも実益を重視してのことなのかは知らないが、それを生業《なりわい》にして「情報屋」を名乗っているくらいだ。もはや探りではなくただの確認だと踏んだのか、一尉が引き結んでいた唇をすぐに苦笑で緩めた。

「――上の思惑までは知らないけど。みすみす狙われるわけにもいかないしね」

「つーか、エリートって誰だよ」

またも横から口を挟んだ日夏に、八重樫が「おまえな」と今度は溜め息をついてみせた。

「式の間、まじで最初から最後まで寝てたな……」

「悪いか」

胸を張って答えると、途端に笑った八重樫が「しゃーねえな」とまた一から説明してくれる。

どうやら日夏が熟睡している間に、プレシャスから異動してきた教員とアカデミーから戻ってきた生徒の紹介とがそれぞれあったらしい。共に同じ苗字《みょうじ》で、彼らは兄弟なのだという。

「吉嶺？」

聞き覚えのありすぎる家名に思わず一尉を見ると、「従兄弟《いとこ》だよ」と新たな情報が提供される。

「宗家の息子たちでね――特に、弟の千柄《ちづか》とは同い年だから」

一尉とは昔から縁が深いのだという。『吉嶺』家の現当主の息子だという彼らは、昔から一尉とよく比較される対象だったらしい。特に資質に秀でた弟の方は年が同じこともあり、何かと一尉と張り合う対抗馬として吉嶺家が担ぎ上げてきた存在なのだという。一尉がアカデミーに進んだ一ヵ月後に、同じく弟の方もアカデミーに進学し、一尉とそう変わらない年月で修了生として帰還したというのだから、確かに優秀なのだろう。

（そういえば『吉嶺』の話って、あんま聞いたことねーな）

一尉の父方である『佐倉』については、少し前にひと悶着《もんちゃく》あったおかげで一尉を取り巻く情勢についても何となく把握してはいるのだが、母方の血筋である『吉嶺』について、一尉から聞いた覚えはほとんどない。日夏との婚約についても、一尉の母親があっさりと承認してくれたので吉嶺本家の動向などこれまで気にもしてこなかった。

「――――」

ふいに、涼やかな視線が流れるように通路の方へと向けられた。

「おやおや。グロリアの誉れが、こんな隅っこの暗がりにいるとはね」

その通路から投げかけられた不穏な台詞《せりふ》に、満席で盛況だったテラスがにわかに静まり返る。周囲の目線が一気に集中した先にいたのは、見たことのない二人組だった。

（誰だ、こいつら？）

一人は明らかに年長で、真新しいスーツに身を包んでいる。一見チャラくも見えるウェーブのかかった髪は赤錆《あかさび》色で、瞳は褪《あ》せたビリジアン。耳元にはイヤーカフが留められている。目鼻立ちのはっきりとした顔立ちはわりと整っているのに残念な雰囲気が漂うのは、浮かべた笑みがどことなく卑屈めいているからだろう。さきほどの台詞を発したのは、どうやらこちらの方らしい。

「吉嶺を名乗るからには、それ相応の挙動を心がけて欲しいものだな」

芝居じみた身振りまで入れてそう嘆いた男が、挑発的な目線を一尉へと投げかける。

「たとえ、中身が『半人前』でもね」

ハイブリッドを揶揄する明らかな侮蔑に、日夏は頭に血が上るのを感じた。

（何だ、このヤロウ……ッ）

だが脊髄《せきずい》反射で嚙《か》みつく直前に、一尉の手がすっと目前に差し出される。機先を制されて思わず声を呑むと、それを横目で確認した一尉が冷めた眼差しを通路へと据えた。

「そのお言葉、そっくりそのまま返させていただきますよ、万結《まゆ》さん」

「…………っ」

言われた男が、途端に顔色を変える。引き攣《つ》った唇が、いまにも暴言を吐きそうに息を吸い込んだタイミングで、やんわりとした制止がその隣から放たれた。

「兄さん、ちょっと落ち着いて」

グロリアの制服を一尉と同じくらい優等生に着こなしたもう一人が、一尉とよく似た温度の眼差しをこちらへと向けてくる。冷めた瞳は萌黄色《もえぎ》、癖のないまっすぐな髪は兄よりかなり明るい茜色《あかね》だ。

（なるほど。これが例の従兄弟たちか）

すなわち年長のスーツがプレシャスで教員をしていたという兄の万結で、その隣にいるのがアカデミーから帰ってきたばかりだという弟の千柄なのだろう。

兄と違い、弟は余裕と気品とをその身にまとっていた。切れ長の瞳に薄い唇、笑みがなければ冷淡にも見えるその顔立ちは吉嶺家の特徴でもあるらしく、一尉とその母親にも通じるものがある。けれど千柄に冷徹な印象はなかった。口元に湛《たた》えた笑みがどこまでも柔らかく、穏やかだからだろう。

「久しぶりだね、一尉。ようやくアカデミーから帰ってこれたよ」

笑みはそのままに、千柄が友好的な台詞を口にする。兄の言動からしたら一八〇度違う弟の態度に、日夏は思わず困惑しながら隣にいる一尉を窺《うかが》った。通路に向けて細められていた瞳と、引き結ばれていた唇とが、千柄に合わせたようにゆっくりと淡い笑みを象《かたど》っていく。だが。

「――確かに、ようやくだね」

はたしてわざとなのか、一尉が口にしたのは含みのある返しだった。共にアカデミーの修了生ではあるが、期間的には一尉の方が四ヵ月も早く彼《か》の地を抜け出したことになる。

一尉の言葉に「てめぇ……」と激しかけた兄を、千柄が仕草だけで制した。はたしてそういう上下関係が確立しているのか、不服げな様子を見せつつも、弟に従った兄が半歩退《ひ》いて斜に構える。

（……ん？）

一尉に向けられていた萌黄色の眼差しが、おもむろに日夏の方へと流れてきた。

「君が、例の婚約者だね」

値踏みするような視線が、日夏の頭から爪先までを軽く上下する。

例の、というのがハイブリッドを指すのか、それとも違う意味合いを含んでいるのか。警戒しながらその双眸を見返すも、千柄の瞳には少なくとも差別的な色合いは感じられなかった。むしろ、目が合うとさらに微笑んでくれたくらいだ。

「はじめまして。一尉と結婚するってことは、いずれ僕とも従兄弟になるってことだよね」

「え、あ」

どうぞよろしく、と言いながら、千柄が軽く一礼してみせる。それに対してペコリと小さくお辞儀を返してから、日夏はますます困惑した気持ちで一尉と千柄とを視線で二往復した。

（え、っと……）

兄の第一声からしてこの兄弟は敵に違いない、そう身構えていた日夏としては少々肩透かしを食らった気分だった。けれど、それも数秒のこと——。

「それにしても『椎名』の血縁を選ぶとは、さすが一尉だよね」

笑みも口調も変わらず穏やかだったけれど、千柄の放った明らかなあてこすりに一尉がまとう空気をすっと冷え込ませる。一尉が口にした含みへの、返礼のつもりだろうか。

「どういう意味かな」

「君の、その抜かりなさには敬意すら覚えるよ」

続いた言葉に一尉がさらなる冷気を帯びる。自分が悪く言われる分には平気な顔で受け流すくせに、日夏が軽んじられたり侮られたりすると、一尉はときに我を忘れて暴走する。

(まあ、そこはお互いさまか)

静かな憤りをいまにも暴発させそうだった一尉の横で、日夏は逆に冷静さを取り戻していた。一尉の袖を、キュッとつかんで引っ張る。目が合った。

「――」

それだけで、一尉のまとっていた空気が急速に和らいでいく。

瞑目《めいもく》して息を吐いた一尉が、再度深呼吸してからゆっくりと藍色の瞳を開いた。さきほどまで冷えきっていたその瞳の奥に、いまは温かな光が灯《とも》っている。それを見て取ったのか、千柄が意外そうな声で「――へえ」と零《こぼ》した。

「君は変わったみたいだね。いろいろと」

それが愉快だとでも言うように明るく笑った千柄に、一尉が嘆息交じりに首を振ってみせる。

「そっちは変わりないようで」

一尉の返しに、まあね、と目を細めた千柄がそのまま緩く首を傾げてみせた。

「何はともあれ、またしばらく同級生だ。よろしくね」

それだけ言うと、あっさり踵《きびす》を返す。弟の唐突な撤退に、万結が戸惑ったようにその背を目で追ってから慌てて一尉を見やった。「いい気になるなよ」といかにもな捨て台詞を吐くなり、弟を追いかけて小走りに退散していく。その背中が見えなくなってから、日夏は思わず不平を零していた。

「何だよ、あいつら」

直前に聞いたとおり、あの二人は一尉に対して対抗心を抱いているのだろう。兄はまだわかりやすいとして、弟の方はだいぶ屈折していそうで先が思いやられる気がした。剝《む》き出しの敵意よりも秘められた悪意の方が、何倍も厄介なのは日夏もよく知っている。けれどどこんなやり取りも、一尉たちにとっては以前から日常茶飯事だったのか。

「相変わらずだなぁ、吉嶺兄弟」

それまですっかり傍観者の態《てい》で見守っていた八重樫が、苦笑しながらメガネのブリッジを押し上げた。あの兄弟も初等科からグロリア生だったというので、二人して一尉に絡む図というのは当時からすっかり馴染《なじ》みの光景なのだという。同学年の弟はともかく、兄の方は七つも年が離れているにもかかわらず、何かと一尉の前に現れては憎まれ口を叩《たた》くらしい。

「大人げねーにもほどがあんだろ」

「まあ、あの人もつらい立場ではあるからね」

「つらい？」

「優秀すぎる弟を持つと苦労する、って話」

多分に同情を含んだ声音で一尉が憐《あわ》れむように目を細める。宗家をはじめ、一族の期待が一心によせられているのは弟の方なのだろう。確かに、想像するとその立場は息苦しく思える。だが、だからといって暴言を吐いていい理由には断じてならない。

一尉が背負っている経歴の鉄壁さは、弛《たゆ》まぬ努力と研鑽《けんさん》を積んだすえに手に入れたものだ。労せずまとっているものではない。それを貶める権利など誰にもないはずだ、と日夏が憤っていると、八重樫が「はいはい、ごちそーさま」とぞんざいに話を遮ってきた。

「ああ？　どーいう意味だよ」

「一尉の顔見てみろって、めっちゃニヤけてんだろ？」

言われて目を向けると、一尉がこのうえなく幸せそうに微笑むところだった。惚気《のろけ》ているつもりはまったくなかったので、そんな顔をされると一気にこちらが恥ずかしくなってくる。

「う、あ……」

二の句が継げなくなった挙句、日夏は照れ隠しのつもりでテーブルに顔を伏せていた古閑の背中を思いっきり叩いた。「いって……っ！」と腕枕から顔を上げた古閑が、吊り上がった瞳をうっすら開いて「何だよ、昼休み終わりか……？」と寝ぼけた様子で周囲を確認する。

吉嶺兄弟とのやり取りを野次馬顔で静観していた八重樫も八重樫だが、その前から寝込んでいた古閑は恐らく、二人の来訪すら感知していないだろう。共に暮らしていた三年間で日夏もよく知っているが、不規則で不健全な生活を送る古閑が寝不足なのは、呆れるくらいいつものことなのだ。

「そんなに眠いんなら帰れよ」

「いやあ、出席日数がね」

またも大欠伸した古閑が、涙のにじんだ眦を指先で拭う。寝不足で頭の回転は少々落ちているようだが、場の雰囲気にはいつでも敏《さと》いのが古閑だ。ややして「お、何かあった？」と眠たげだった瞳が、ふっと大きく開かれた。

吉嶺兄弟の来訪——というより、襲来と呼ぶべきか——を告げると、古閑が「ああ……」と常からの癖で左の目元を指先で撫《な》でた。そこに彫られた小蛇の入れ墨を、そっと愛《め》でるかのように。

「まあ、兄の方が異動してくるってのはけっこう前から聞いてたけど」

「誰から？」

何の気なしに発した日夏の疑問に、なぜか古閑が「え、あー……」と言葉に詰まる。

「——ともかく、弟までこっちに帰ってきたんなら厄介ごとは増えるかもな」

あからさまに場を誤魔化《ごまか》した古閑に突っ込もうとしたところで、日夏の携帯に隼人からのメールが届いた。これからそちらに向かう旨と、追加で欲しいものがあれば届けるとの申し出だった。

（そういや、ジュース取ってくるの忘れてたっけ）

食堂に掲示されていた本日のフレッシュジュースのラインナップを思い出しながら、手早く隼人にリクエストを返信する。そうこうする間に、場の流れはすっかり元に戻ってしまっていた。

「あの兄弟が戻ってきたとなると、また騒がしくなりそうだな」

さきほどのは宣戦布告だろうという八重樫の見解に、一尉がさも迷惑げに眉をよせる。

「こっちは付き合う気ないんだけどね」

「そうも言ってらんねーだろ」

兄弟の目的はいまも昔も、一尉を打ち負かすことなのだという。初等科時代ならまだしも、この年になってまで絡んでくるのだから根は深そうだ。何年来にもなる対立の構図は周囲にとってもお馴染みだというので、さきほどのやり取りも野次馬によってあっという間に拡散されることだろう。

(まじで、明日から騒がしくなりそうだな……)

いまはただでさえ、ちょっとした案件を抱えているというのに――。四月から夏休みに至るまで、思い返せば波乱続きの日々だったが、今日からの新学期もまた例外ではなくなりそうだ。

隣にいる一尉に目配せを送ると、解した一尉が小さく頷いてみせた。

このメンツに打ち明ける頃合いとしては、今日が最適だろう。

(やっべ、緊張してきた……っ)

隼人の到着を待って腹を割る覚悟を決めていると、ようやくのことでアーチの向こうからトレーを手にした隼人がやってきた。

「遅れてごめんね」

黒曜石のような艶《つや》めいた瞳を甘い笑みで蕩かせながら、隼人が「はい」と頼んでおいたドリンクを手渡してくれる。オーダーどおり氷抜きになっているグラスを手にした途端、柑橘《かんきつ》の爽やかな香りが心地よく鼻腔《びこう》を刺激した。ホワイトとルビーのグレープフルーツミックスなんて、いつもならぜったいに頼まないオーダーなのだが、今日は無性にこれが飲みたい気分だった。

「めずらしいね、日夏がこーいうの飲むの」

「そう？」

「うん、ものすごく」

隼人の目が、日夏の前にあるフルーツ盛りの皿を一瞥《いちべつ》する。それからもう一度、グラスを見た隼人が、おもむろににっこりと微笑んでみせた。――あるいはそこで、直後に勃発するだろう未来の騒動を予測しておくべきだったのかもしれない。天然気質で空気を読まない発言に定評のある隼人だが、何というか勘だけは昔からすこぶるいいのだ。

「おめでとう、日夏」

「へ？」

「妊娠したんでしょ、いま何週目？」

隼人が笑顔で投下した爆弾に、その場の空気が一瞬でフリーズする。

「――――」

開いた口もそのままに固まっていると、いつになくよく通った隼人の声を聞きつけたらしい周囲が途端にざわざわしはじめた。

「あっ、や……ッ」

咄嗟《とっさ》に否定も肯定もできず、慌てて一尉を見る。だが、その挙動こそが答えになることを、俯《うつむ》いてこめかみを押さえた一尉の仕草で日夏はようやく悟った。

(……こうなったら、腹括《くく》るしかねーよな)

天然のせいで周囲にまで大暴露してしまったいま、もはや取り繕うのは不可能と判断して、日夏は心持ち項垂《うなだ》れながらその事実を口にした。

「まだ確定じゃねーけど、いちおうその可能性はあるかもって……」

口にしながら、上目遣いに悪友たちの反応を窺う。すっかり祝福モードで微笑んでいる隼人はともかく、八重樫と古閑の反応を無言で待っていると。

「ワーオ！　まじかよ日夏」

口ぶりほどにはぜんぜん驚いていない顔で、八重樫がニッと歯を見せて笑う。八重樫のことだ、ニヤついて揶揄《からか》ってくるんじゃないかと内心身構えていたのだが、そんな気はまるでないらしく「とりあえずフライングで言っとくよ。オメデトさん」などとウィンクまでつけてくれる始末だ。

「進展、早ェーっつの。おまえららしいけどな」

続いて古閑がそう零しながら、思わずといった感じで破顔してみせる。ほとんど線になるほど細められた眼差しは予想外に温かくて、日夏は思わず一尉と顔を見合わせていた。友人たちに打ち明けることをハードルのように感じていたのに、いざ臨んでみたら何ということはない。

「そっか、まだ確定じゃないんだね」

残念そうに言ってから「でも、二人の子供ならいつでも大歓迎だよ」と、隼人がウェルカムとばかりに両腕を広げてから、一尉と八重樫の間の定位置に優雅に腰を下ろす。

(なんだ……)

その素振りはあまりにいつもどおりで、身構えていた自分がバカみたいに思えるほどだった。

同時に、三者共に祝福してくれたのが嬉《うれ》しくもあり、気恥ずかしくもあって、日夏は照れ隠しにフレッシュジュースを一気に呷《あお》った。だが直後に噎《む》せて、一尉に背中をさすられるはめになる。

「なるほど、つわりかもってことか」

日夏のランチメニューに得心がいったように、八重樫が何度か頷いてみせた。

「半陰陽の妊娠はわかりづらいって言うけど、もう検査はじめてんだろ?」

「うん。一度目は先月のうちにね」

まだ咳《せ》き込んでいる日夏の代わりに、一尉が答える。

それを横で聞きながら、日夏はこの一週間足らずの出来事を思い返していた。

2

最初に「異変」に気づいたのは、一尉の方だった。

南の島でのバカンスを終え、日夏たちが帰国したのが八月の後半。それ以来、少しだけ食欲が落ちていることを、日夏は指摘されて初めて気がついた。とはいえ、それまでが旺盛すぎたこともあり、ようやく人並みになったくらいの変化だ。体重が落ちているわけでもなく、胃腸の調子が悪いわけでもない。そのうち元に戻るだろう、と日夏自身は気にもしていなかったのだが——。

月末になって、日夏は生まれて初めての食欲不振を経験した。これまで好物だったほとんどの食べ物を、なぜか体が受けつけなくなってしまったのだ。無理に食べようとするとリバースしかねないので日夏としては困りはてていたのだが、その段階になって一尉が「もしかしたら……」と妊娠の可能性を口にした。それが、ほんの数日前のことだ。

「——実は、心あたりがあるんだ」

一尉が言うには、六月頭の「あの晩」が怪しいのだという。

魔族には「発情期《ヒート》」と呼ばれる、体内システムがある。これは三種族共通のもので、基本的にその期間に行為に及ばない限り受胎することはない。魔族の大多数が目先の快楽に弱く欲求に流されがちなのは、それを逆手に取って期間外は火遊びに励めるからだろう。

成熟の証でもあるヒートは通常、十歳から十三歳までの間に訪れる。だが「半陰陽」だけは勝手が異なり、十六歳の誕生日を迎えた時点で初めてのヒートを経験する。日夏にとってのそれは四月の末だった。己の意思とは無関係に強力な性衝動に見舞われるとは聞いていたが、実際に体験してみたそれは予想以上で――。猛《たけ》り狂う欲動を宥《なだ》めるために、日夏は日に何度も一尉相手に脚を開き、強烈な快感に噎《むせ》び泣くはめになった。

ヒートの衝動は抑制剤で散らすという選択肢もあるらしいのだが、初めての場合は薬に頼らない方がいいと言われたので、日夏はヒート期間中、欲情するたびに一尉に身を任せては羞恥で死にそうな目に遭わされた。元来晩生でそういった方面には疎かった日夏にとって、性交自体が初めての経験だというのに、ヒート仕込みのセックスは日夏の体をたった数日で作り変えてしまった。

（あんな、クソ恥ずかしいこと……！）

一尉相手じゃなかったら、とても耐えられなかったろう。聞くところによると、半陰陽は発情期が遅れてくる分、最初の衝動が特にきついのだという。発散してもきりなく込み上げてくる欲情に、日夏はその後何日も振り回され続けた。

これからヒートのたびにこんな目に遭うのか……と内心暗澹《あんたん》たる思いでいたのだが、初回ほどの強烈な欲情というのは年に一回あるかないかなのだとのちに聞いて、心底安堵《あんど》したのは言うまでもない。しかし――。これまでの発情はほとんど薬で散らしてきたという一尉が、そんな日夏を相手に久しぶりに体感したヒートは、どうやら彼にとって呼び水になってしまったらしい。

一度のヒートは約一週間、その周期は個人差もあるが一ヵ月から三ヵ月ほど——そう聞いていたのだが、アカデミーから戻って以来ホルモンバランスが崩れているとも言っていたので、その相乗効果もあったのだろう。一尉はごく短期間で、次のヒートを迎えてしまったのだ。

四月末以来、自分はまだ次のヒートを迎えていないにもかかわらず、一時期の一尉の発情頻度たるや月に二回、トータルで半月は発情していたのだから、我ながらその相手をよく頑張ったものだと少し前の自分を誉《ほ》めてやりたいくらいだ。

「でもあのとき、おまえはヒートじゃなかったろ？」

一尉から持ちかけられた「妊娠」の話に、日夏は危うくソファーからずり落ちるところだった。慌てて腰かけ直した座面に胡坐《あぐら》を搔きながら、こみかめを押さえて数ヵ月前の記憶をさらう。

（あれって、あの夜だろ……？）

一尉が心あたりとして挙げたその夜は、日夏にとっても忘れがたい一夜だった。

何しろ、能力によって二人に『分身』した一尉の相手をいっぺんにさせられたのだから——。

隣に腰かけた一尉を上目遣いに窺うと、労しげな眼差しと目が合う。うっすらと憂慮を孕《はら》んだ藍色の瞳に、日夏は胸がざわつくのを感じた。

「実はあのとき、俺もヒートだったみたいでね」

アカデミーから帰国して以来、約二週間周期でヒートを迎えていたと計算すると、ちょうどあの頃が発情時期に重なるのだという。

「や、でも！　俺はヒートじゃなかったし……！」

行為に臨む双方が発情期でない限り、魔族はけっして受胎しない。だから大丈夫だと声高に主張するも、一尉の憂い顔は一ミリも変わらなかった。

「覚えてる？　君はあの数日前、発情誘発剤を盛られたんだよ」

「でもあれは、ただの媚薬《びやく》だったたって……」

「俺も最近までそう思ってたんだけどね、父に確認したらホンモノを使ったって言ってたから」

発情誘発剤とはその名のとおり、服用した者の発情を誘発するための薬だ。あのとき、日夏にそれを盛ったのは一尉の実の父親である佐倉准将《じゅんしょう》だった。そこに至るまでの紆余曲折《うよきょくせつ》はこの際さておくとして、日夏は思いがけない事実にポカンと口を開けることしかできなかった。

「君に入ってる、ヒトの血の影響を失念してたよね」

「……まじか」

人間と交わっても魔族の持つ特色はほとんど損なわれないのだと聞いているが、ヒトの血による影響がないわけではない。それがいちばん顕著なのが、薬類に対しての反応だった。魔族用に調剤された薬物はそのほとんどが、種類にかかわらず遅効性になってしまうのだ。

准将に盛られた薬が実際に発情誘発剤だったとして、数日遅れでその効果が現れていたのだとしたら、あの夜の日夏がヒートを迎えていた可能性はかなり高い。

（でも、そう考えると――）

日夏にも思いあたる節はあった。あの晩「躾《しつけ》」と称して二人がかりで強いられた行為は本当に過酷で、息をつく間もないほどの快楽責めに日夏は途中、何度も意識を失いそうになった。

『ダメだよ、日夏』

『逃げたらお仕置きだよ』

後ろが悦《よ》すぎて腰が逃げるたびに、何度も引き戻されてはその罰とばかり脚を開かされ、剝き出された前をいやらしく周到に舐《ねぶ》られた。過敏な粘膜を舐《な》め回される快感に悶《もだ》えながら、いいところをたっぷり突かれる喜びに日夏はただ泣きじゃくるしかなかった。一人が達しても、すぐにもう一人が濡れた窄《すぼ》まりを奥まで開いてくる。一人に腕を取られて無防備になった胸の尖りを、もう一人が思う様に嬲《なぶ》ってくる。どんなに抗《あらが》っても、四本の手からは逃れられなくて。

『やめ、ヤ……っ、あ……ッ』

どこまでいっても追いかけてくる指と舌に翻弄されながら、日夏は同時に二人を相手にする苛烈さをひと晩かけて思い知らされた。

『も、もう無理……っ』

『本当に?』

『確かめてみようか』

さんざん搾《しぼ》られてもう出ないというのに、後ろを責められながら執拗《しつよう》に屹立《きつりつ》を舐められ、弄《いじ》られ、こすられて——。初めてのドライオーガズムを経験してしまったのも、あの夜だった。

そんな強烈な経験をさせられたにもかかわらず、けっきょく最後まで気を失うことなく耐えられてしまったのは、ヒートの影響だったのではないだろうか。……実は自分でもちらりと、事後にそんなことを考えたのを覚えている。二人の一尉を相手にする不安よりも、はるかに大きくてきりのない欲情に煽《あお》られて、まるでヒートのようだった、と。

「半陰陽が『変化《メタモルフォーゼ》』するための条件、覚えてるかな」

「――……」

一尉の言葉に、日夏は見る間に顔色を失った。

普段は眠っている「半陰陽」の機能をオンにするには、雄体と雌体とでそれぞれ特定の条件をクリアする必要がある。雌体の場合は、三日間の禁欲に徹すること。そして雄体の場合は、精嚢《せいのう》を完全に空にすること。それを契機にして、身体機能が『変化』するのだという。

「俺、メタモルフォーゼした……？」

恐る恐る発した日夏の問いに、一尉が戸惑いながらも頷いてみせる。

「俺も夢中だったから、記憶は曖昧なんだけど……」

あの晩、最後の方でいつになく強烈なうねりを中に感じて、搾り取られるようにして達したのは確かなのだと、一尉が抑えた声でそう告げる。

（俺、妊娠したかも……？）

思ってもみなかった可能性に呆然《ぼうぜん》としていると、ふいに両頬を包まれて横へ向けられた。

「――なんて顔してるの、日夏」

藍色の瞳に、自身の顔が映り込みそうなほどの距離で覗き込まれる。一尉の心配げな表情を見るかのように、自分はよほど放心していたのだろう。反射的に瞬きをくり返してから、息を吸う。促されて二度ほど深呼吸すると、ようやく声が出た。

「俺……どーしたら……」

「あくまでも、これは可能性の話だから。まだ確定したわけじゃないよ」

日夏の不調と自身の発情周期から妊娠の可能性に思い至り、一尉は半陰陽の妊娠について可能な限り調べたらしい。成熟して間もないヒートで妊娠することはごく稀《まれ》であること。『変化』によって子宮に似た器官が生成されるものの、すぐに排卵するわけではないらしい。よって行為に及んだその日に受精するとは限らず、場合によっては数日後、長いと一ヵ月後に受精ということもありうるのだという。日夏の諸症状が妊娠初期のものだと考えると、受精したのは恐らく七月に入ってから。つわりがはじまったのが八月の半ばなので、計算上はあて嵌《は》まるのだという。

(んなこと、いっぺんに言われても……)

急に体の力が抜けて、日夏は脱力するに任せて背もたれに身を預けた。上向いた眼差しで惚《ほう》けたように天井を眺めていると、隣で一尉が重い溜め息をつくのが聞こえてきた。

「ごめんね、日夏」

「え……」

怒濤《どとう》の展開に頭が追いつかず、ぼんやりとしたまま俯く一尉の横顔を見返す。

「俺がもっと、気をつけなくちゃいけなかったのにね……負担がかかるのは、日夏の方なのに」

不安にさせてごめん、と一尉が悲痛げな面持ちで眉をよせた。

(……ああ、そっか)

妊娠したかもしれないなんて言われても自分ではぜんぜん実感もないし、ただ戸惑うばかりだったけれど、一尉はこの事態に責任と罪悪感とを強く感じているのだろう。

自身の不注意を悔いるように、一尉が薄い唇を噛みしめる。

(まあ確かに、びっくりしたし……)

いまだに事態をちゃんと呑み込めてはいない気がするが、一尉がどれだけ悔いたところで、自分がどんなに取り乱したところで状況は何も変わらないのだ。

だったら、取るべき道も自《おの》ずと限られてくる。

「おまえこそ、なんて顔してんだよ」

いつの間にやら悲壮感まで漂わせていた一尉の肩口に、日夏は軽くパンチを入れた。

「まだ可能性の話だって、おまえが言ったんだろ？」

正直、結果を知るのは怖くもあるが、まずはそこを確かめないことには何もはじまらない。そして結果がどうであれ、向き合う覚悟だけは決めておこうと、日夏はぐっと腹に力を込めた。

「それに、どう転んでもおまえは一緒に考えてくれるだろ」

「日夏……」

どんな結果が出ても、一人じゃないから。一尉と二人だから――。

（なら、大丈夫）

自然にそう思えて、ふっと心が軽くなった気がした。

――その後、専用の検査薬を試したところ結果は「グレー」と出た。半陰陽の場合、一度の検査ではわかりづらく、判定を三度重ねてようやく最終的な結果が出るのだという。

「……グレーって」

一度で白黒つくものと思っていた日夏にとっては拍子抜けする結果だったが、いま一度自分たちの関係を、この先の展望を見直すにはいい機会でもあった。

「日夏としてはどうしたい？」

結果が「陽性」だったらという一尉の仮定に、日夏はしばし真剣に考え込んだ。

妊娠、出産、さらに子育てとなれば、現実的にはたくさんの問題と向き合うことになるだろう。軽い気持ちや、勢いだけで決められることではない。

（でも……）

もし本当に、いま自分の体に新しい命が息づいているのだとしたら――。

「やっぱり、産みたいって思う」

授かった命を大切にしたいから、と告げた日夏に一尉は笑顔で頷いてくれた。

「――わかった」

　結果にはもちろん二人で向き合うけれど、実際に産むのは日夏なので、一尉としては日夏の意思を何よりも尊重したいのだと言ってくれた。そのために全力でサポートすると約束してくれた一尉に、日夏は心強さを感じた。

　実際、一尉は陽性だったときのために細やかな心配りをしてくれている。その気遣いに支えられながら、日夏は残りの夏休みをすごし、九月からの新学期を迎えた。


（初日で、あんなバレ方するとは思わなかったけどな……）

　親や友人たちにどんなふうに伝えるか二人で話し合った結果、校内で不測の事態がないとも限らないので、親しいメンツには現状を話しておいた方が得策なのではないかという結論に至った。

　逆に、親には心配をかけてしまうので結果が確定してから――。そう決めていたのだが、昨日のうちにあっという間に知れ渡ってしまったので、いまとなってはもう開き直っている次第だ。

　隼人のおかげでまるで妊娠が確定したかのような噂が光の速さで流れたが、その点についてだけは一尉が即座に訂正を入れた。八重樫に周知を頼んだので、いま人々の口に上り、耳に入っているのはいちおう事実ということになる。

（おおっぴらに触れ回る気なんてなかったのにな……）

日夏の妊娠「疑惑」が拡散された数時間後には、アカデミーにいるはずの父・森咲惣輔《そうすけ》からも電話が入り、事の真偽を質《ただ》された。諸事情あって、惣輔は人間の身でありながら魔族の最高峰であるアカデミーの研究所に属している。アカデミーの所在は秘匿《ひとく》事項なのでどこにあるかは日夏も知らないのだが、時差がある地域らしいにもかかわらず、惣輔の把握はいっそ異常なほど早かった。

息子である日夏に、娘のような感慨も重ねている惣輔からの一本目の電話は恐ろしく取り乱していたのですぐに切った。二本目以降はずっと無視しているので、惣輔の言い分は聞いていない。こちらから言いたいことは昨日メールで送りつけたので、日夏としてはそれで済ませたいところだ。

(必要なことは、あいつから聞いてるだろうし)

身近でアカデミーへの連絡手段を持ち、リークできる立場にいるのは一尉だけだ。すぐに追及したところ、漏洩《ろうえい》元はやはり一尉だった。

『ほかの誰かから聞くよりはましだと思って』

(……確かにね)

愛息子の妊娠をよそから聞いたら、惣輔のことだ、もっと取り乱していたに違いない。

同じ理由で日夏の祖母にも、自身の両親にも、一尉は昨日のうちに連絡を済ませておいてくれたらしい。日夏がぼんやりしている間に、一尉は速やかにするべきことを済ませ、必要な措置を講じてくれていたというわけだ。一尉の手際はどこまでも的確で、抜かりがない。それに対して、日夏は全幅の信頼をよせている。よせてはいるのだが——。

「何だかなぁ」

胸の奥で渦巻くモヤモヤを今日も持てあましながら、日夏はいつもの席で頬杖をついていた。

昼休みのテラスは今日も盛況だ。特にやることもなく、人の流れをぼんやりと眺めながら一尉の到着を待つだけの時間をすごす。昨日の道中、足元が危うかったという理由で今日はテラスで待つよう言いつけられているのだ。

「何だよ、マタニティブルーか」

昨日と同じく、斜向《はすむ》かいでラップトップを眺めていた八重樫が視線も上げずにそんなことを言ってくる。そんなんじゃねーよ、と軽く返してから日夏は暇潰《つぶ》しに八重樫の隣へと移動した。そこが定位置の吊り目は今日も遅刻らしく、まだ顔を見ていない。隼人はさきほど上級生の女子に呼び出されて席を立ったので、いまここにいるのは日夏と八重樫の二人だけだった。

「それ、何」

画面を覗き込みながら首を傾げると、八重樫が軽く肩を竦めてみせる。

「あーこれ？　アカデミーでも使われてるっていう、セキュリティゲートだよ」

画面に大写しになっているのは、見るからに古めかしい鉄製の大扉だった。精緻なアイアンワークの施されたそれは、美術館にでも飾られていそうな豪奢さと厳かな雰囲気とを持っている。八重樫によれば、取っ手の類《たぐい》が見あたらないのは差し込んだ鍵がその代わりをはたすからなのだという。だが、鍵さえ手に入れれば開けられるという、単純な代物ではないらしい。

「これが、ちょっとした魔法仕掛けになっててね」

曰く、この扉は触れた者の魔力に反応して「番人」が現れる仕組みになっているのだという。しかも、その番人が出した問答に正解できないと鍵すら使わせてもらえないという、なんとも面倒なシステムになっているらしい。

「ま、中世からあるアナログなセキュリティだよ」

聞けば、プレシャスの宝物庫の入り口にはこの大扉が使われているのだという。アカデミーをはじめ各所で採用されている信頼と実績のあるシステムだというが、プレシャスを襲った窃盗団はこの大扉をあっさりと破ってしまったらしい。複製した鍵を使った形跡はあったものの、番人が現れた記録はなく、いったいどんな方法を用いて突破したのかはいまだにわかっていないのだという。

「鍵については、内部に手引きしたやつがいるんじゃないかって話でね。——まあ、それもあってあんなモンが結成されたっつーわけだ」

八重樫が視線だけでテラスの中央付近を示す。わかりやすく肩で風を切る二人組が通路を闊歩《かっぽ》しているところだった。二人組の腕には、黄色地に黒で『Vigilante《ビジランテ》』と書かれた派手な腕章が巻かれている。昨日の会議で結成されたという「自警団」のメンツだろう。

会議のあらましについては、一尉からも少し聞いている。窃盗団が次に標的として狙っているのはやはりグロリアらしく、学院側が対抗手段として講じたのが、千柄を中心とした自警団の結成だった。一尉に続くグロリアの誉れとして、学院側も千柄には期待をよせているらしい。

むろん、学院のセキュリティレベルはこれまで以上に引き上げられ、大人たちが打てる手はすべて打ったうえでの措置だ。学院内部に怪しい動きがないか、生徒目線での自警団を配することで目を光らせようという魂胆なのだと聞いている。

「しっかし、見事に『吉嶺』の縁《ゆかり》で固めてきたもんだよな」

八重樫によれば、いまテラスを見回っている二人組はもちろん、自警団に選出されたメンツはそのほとんどが吉嶺の分家筋の者なのだという。千柄がリーダーであることに加え、この偏った人選だ。裏に『吉嶺』本家の意向が絡んでいるのは間違いない、というのが八重樫の見解だった。グロリアにおいて生徒会とほぼ同義に機能する風紀委員会が、今回はそのバックアップにあたるようわざわざ学院側から指導が出たのもその関係だろう、と。

「弟の凱旋に合わせて、兄の異動まで手配したっつー話だからな。そこにきて、この事態だろ？　向こうとしちゃ、利用しない手はないよな」

「利用？」

「この機に『吉嶺』の名を印象づけたい、っていう本家側の思惑が透けて見えんだろ？」

あくまでも八重樫の見立てだが、吉嶺本家としてはようやく期待の次男が帰国したので、これを機に大々的に名を売る気でいるらしい。四ヵ月早く帰国した一尉がいろんな意味で名を轟《とどろ》かせたあとなので、よけい躍起になっている節も見られるのだとか。恐らくは自警団の結成も、新学期前にはすでに根回し済みだったろうと八重樫は言う。

「つーかそもそも、プレシャスにお宝なんてあったわけ？」

「それがあんだよな、うちにもプレシャスにも。まあ、ガラクタはその倍以上ありそーだけど」

聞けば父兄からの寄贈品やらアカデミーから借り受けている物など、両校の宝物庫にはそれなりのお宝が収蔵されており、窃盗団が目をつけそうな代物には困らないのだという。

「中でもアカデミー関係の魔具は、オークションに流れたらかなりの高値がつくだろーな。まだそっち方面に出されたって情報は入ってきてねーけど」

プレシャスから盗まれた品物については、すでに関係各所に目録が回っているというが、いまのところその行方はわかっていないらしい。

「空間移動できる指輪とか、便利そうじゃね？　闇オクに出てたら俺が落としてーわ」

「そんなんあんのかよ」

「らしーぜ。あとはなんか魔法の鏡とか、惚《ほ》れ薬とか？」

どれもほとんど中世から伝わる代物で、扱いには注意が必要なアイテムが多いのだという。ただそれだけに、販路が確立されていないと盗み損にもなりかねないのだと八重樫は首を捻《ひね》る。

「手口から、各地で荒稼ぎしてる窃盗団だってのは確定してんだけど、魔具にまで手を出したのは今回が初めてなんだよな」

それまでは博物館や美術館などから高価な美術品や宝飾品を盗むのが主だったというので、それまでが肩慣らしでプレシャスの一件からスケールアップを図ってきたのかもしれない。

何はともあれ、グロリアが次のターゲットとして目されているのは八重樫情報でも確からしい。

「グロリアで狙われてんのって何」

「やっぱり魔具だろうな。うちにもいろいろあるらしいぜ、便利そうなやつが。あとはやっぱ美術品関係？　前学院長がコレクションしてた骨董品《こっとうひん》とか、そのまんま置いてあるらしいし」

「いまのうちに全部、どっか移しちまえばよくね？」

「窃盗団に恐れをなして？　んなことしたら、臆病風に吹かれたって笑いモンになるのは必至」

「面倒くせーな……」

「魔族は面目第一だからな。預け主から返却希望があった場合には受けつけるみてーだけど、ごく一部だろうし。目ェつけられてるのはグロリア所蔵かアカデミー関係のもんばっかだろうからな」

「アカデミーはノータッチなのかよ」

「いまのところはな。プレシャスから盗まれた魔具に関しても、それほど興味なさげっつーか。向こうじゃ魔具なんてありふれてるし、アカデミー外にあるくらいだから、そこまで価値のあるもんじゃねーのかもしんねーけど。――まあ、あくまでもあちらさんにしたらって話だ」

そういう意味でも、窃盗団的には学院の宝物庫というのは総じてガードも緩く、狙い目なのだと八重樫は言う。

「だいたい宝物庫なんて、どこにあんだよ」

「本校舎の地下にあるぜ？　まあ、一般生徒には用のない場所だよな」

むやみに広くて複雑なのがグロリアの校内だ。そんな施設があったことも日夏には初耳だった。

「プレシャスは休み中にやられたって聞いたけど」

「そ。しかも登校日で人がわんさといたのに、まんまとね」

わざわざ人目の多い日に決行されたのも、内部の手引きが疑われている理由のひとつなのだという。そのせいで、容疑者の絞り込みには苦労していると聞く。

「宝物庫内部のセンサーが反応して駆けつけたときには、大扉は閉まってたって話でな。番人を呼び出しても誰もきてないって言うから、誤報が疑われたらしいけど。いちおう確認のためにって開けてみたら、もうあらかた盗まれたあとだったっていうね」

ちょっとしたミステリーだよな、と八重樫が片頬だけで笑ってみせる。

「グロリアもだけど、宝物庫の奥に銀行の金庫室みたいのがあんだよな。魔具とか重要な物はそっちにしまってあるっつー話だけど、慌ててそっちも開錠したら——」

「空っぽだった？」

「いや、開けた直後は全部あったらしいぜ。でも気がついたら、跡形もなく消えてたとかって」

「何だそれ」

「こっちはさながらマジックだよな。どっちのトリックも、いまだ解明されてなくってね」

興味湧《わ》くよなぁ、と八重樫がニヤつきながらメガネのブリッジに指先を添える。

「そんなのがグロリア狙ってんのかよ」

「そーいうこと。お偉方も必死なわけよ、プレシャスの二の舞なんて笑えねーもんな。――まあ、あれが功を奏すかは甚だ疑問だけど」

自警団の二人組を一瞥した八重樫が、メガネの奥で苦笑してみせる。

「あいつら、見回り以外に何かやることあんの？」

「確か、目録の作成とか、返却依頼に対する窓口もいちおう兼ねてたと思うけど」

そのあたりの実務は恐らく、千柄が一手に引き受けているだろうという話だった。それに伴う雑務は風紀委員会の方に回されているというので、顧問も含めて、それ以外は巡回しか能がない集団ということになる。

通路の途中でわざとらしいほど周囲を見回していた二人組の背後に、ふいに万結が現れた。隣には別の教員がいる。どうやら偶然通りかかったようだが、二人に指示を仰がれ、自警団の「顧問」として何やら助言でもしているようだ。その万結がこちらを見るなり、途端に表情を険しくした。それに倣《なら》うように、二人組までが尖らせた視線をこちらに向けてくる。

「感じ悪《わ》りィな、おい……」

あからさまな敵意にそう零すと「無理もねーだろ」と、八重樫が首を竦めてみせた。

「吉嶺本家としちゃ、自警団結成で話題を独占する気だったろうに。おまえの妊娠疑惑のせいでだいぶインパクト削《そ》がれちまったからな」

「そんなん知ったこっちゃねーし」

こちらとしてもあれは予定外のハプニングだったというのに、吉嶺本家としてはわざと話題作りを潰されたように捉えているのだろう。逆恨みもいいところだ。

「タイミングがよすぎたよな。いや、悪すぎたのか」

楽しげに笑う八重樫の顔は、完全に野次馬のそれだった。こちらが意図したことではないが、構図としては初っ端《しょぱな》からケンカを売ってしまった形である。外野としてはそりゃ楽しいだろう。

睨《にら》むだけでは飽き足らなかったのか、こちらに向かってこようとした万結を隣にいた教員が穏やかな笑顔で宥める。そのおかげで思い直したのか、方向転換した万結に二人組も大人しくついていった。

それに続こうとした教員が、一度だけこちらを振り返る。

何やら意味ありげに微笑まれるも、日夏には見覚えのない人物だった。

「誰、あれ」

「生物の叶《かのう》センセだろ。……あー、おまえらんとこ、教科担当別だったたっけ」

八重樫によれば、一学年の後半クラスの生物を担当するのが、彼なのだという。生徒数の多さに比例して、グロリアは教員も多い。授業という接点がない限り、日夏の記憶には残らないのだが。

「彼、なのか」

遠目には性別がわからなかったので思わずそう口にすると、八重樫が「ちょっと、独特の雰囲気あるよな」と深く頷きながら同意してくれる。

「そーいや、あの人も半陰陽だったたな」

「へえ」

遠ざかっていく背中を見るともなしに眺めていると、「お待たせ」とようやくのことで一尉が現れた。その背後には、途中で拾ったらしい吊り目の荷物持ちがいる。

「今日も眠そうだな。夜遊びもたいがいにしとけ?」

「……言っとくけど、全部が全部夜遊びじゃねーからな……中には仕事もあるっつーの……」

眠気のせいか、途切れ途切れの反論が返ってくる。古閑が自身の能力を活かして、たまに家業の手伝いをしていることは日夏も以前から知っている。

席に戻った日夏に半分寝ていそうな顔でフルーツゼリーを給仕してから、古閑がほとんど崩れるようにして自席で居眠りをはじめた。あんなことを言ってはいたが、今日も今日とて寝不足なのは首筋にうっすらと浮いて見える赤い跡のせいに違いない。

(よく言うぅっつーの、ったく)

それには気づかなかったふりで、日夏は隣に腰かけた一尉にさきほどの万結の件を報告した。

「——ああ。俺もさっき、その件で千柄に絡まれたよ」

どうやら知らぬ間に、食堂でもひと悶着起きていたらしい。きっと表面上は穏やかに、お互い笑顔を浮かべながら、冷めた言葉を投げかけ合ったのだろう。目に浮かぶようだ。そんな現場に居合わせなくてよかったと、日夏は露骨に胸を撫で下ろした。

「つーかさ、おまえ、なんでそんなライバル視されてるわけ?」

一尉は苗字こそ『吉嶺』を名乗っているものの、家名を継ぐ立場にはどうしたって成り得ないことは日夏でも知っているくらいだ。なぜなら本人がハイブリッドなのもあるが、それ以前に一尉の母親である粧子《しょうこ》がほぼ勘当状態にあるからだ。長女として生まれた以上、一族には跡継ぎとして目されていたというが、昔から自由奔放で気紛《きまぐ》れ、どんなときも我が道をゆく異端児だったという粧子は、宗家との衝突が絶えず家を飛び出してしまったのだという。けっきょく家名は、粧子の妹である姿子《しなこ》が継いだのだと一尉には聞いている。その粧子の息子であり、ライカンの血が入った一尉を吉嶺家が迎え入れるはずがないのだ。

「確かに、家名という点では関係ないし、こちらとしてもかかわりを持つ気はないんだけどね」

一尉によれば、そうもいかない「事情」が裏にあるのだという。

「それもこれも、あの母が原因っていうか——」

溜め息交じりに語られたところによると、粧子は幼少時から能力のみならず学力も運動神経も飛び抜けていて、頭の回転や年に見合わぬ度量も含めて、母親である宗家はどうしても長女の粧子に跡を継いで欲しがったのだという。それに比べて——といつも引き合いに出されては、物足りないと嘆かれていたのが次女の姿子だったらしい。彼女自身も吉嶺の名に恥じないだけの能力や機転を持ち合わせていたにもかかわらず、デキる姉と比較するとどうしても落ちるという判断を下されてしまう。そんな日々が姿子に植えつけたコンプレックスは、いまになっても解消されることなく、こうして各所に影響を及ぼしているのだという。

「姿子さんの立場も苦しかったとは思うけどね」

宗家の座が手に入ったのも、要は「消去法」の結果だ。しかもそのことは一族のみならず、他家の者にまで知れ渡っているのだ。二番手にかけられる期待など、たかが知れている。そのうえ宗家になった姿子よりも、奔放な日々を気ままに謳歌《おうか》する粧子の方に世間の目は集まりがちだった。ライカンである『佐倉』と交わり、ハイブリッドの子を産んだこともそのひとつだ。

最初はそれを醜聞と捉え、一族の者たちも粧子を、そしてその子供である一尉を疎んだ。けれど一尉の能力が覚醒してからは、元宗家である祖母を筆頭に、またも持てはやす傾向が復活した。

「粧子さんてさ、何つーか妙なカリスマ性があんだよな」

八重樫の言葉に嫌そうに眉間を曇らせつつも、一尉が溜め息と共に首肯してみせる。

「あの奔放さは、人を惹きつけるんだろうね」

血や柵に囚《とら》われがちな魔族界で、何物にも縛られず自由に振る舞う粧子の言動はよくも悪くも話題をさらい、人々の関心を引きつける。そういった注目を本人は何とも思っていないらしく、あくまでも無造作に、粧子は数々のスキャンダルをいまも思うまま積み重ねている。

そんな姉に、自身では対抗できないことを妹はよくわかっていた。だから息子を対抗馬にしたのだろう。幸か不幸か、次男の千柄は一尉と同い年で、競合できるだけの能力と才を持っていた。これまでエリート街道を邁進《まいしん》してきた一尉と、ときには肩を並べて歩んできたのが千柄なのだという。宗家のこのごく私的な思惑は、対外的には吉嶺の血がいかに優秀であるかを思い知らせる手段にもなり、いまでは本家を上げてその対立図が支持されているのだという。

「おまえが一方的に絡まれてんじゃん」

「まあ、そんなところ」

内情に呆れて半眼になっていた日夏に、一尉がふっと口元を緩めてみせた。

「でも俺にとってはそんなの全部、どうでもいいことだよ」

本家の思惑で自警団の使い走りのような立ち位置に据えられたことも、ことあるごとに兄弟が絡んでくることも、自身にとっては些末《さまつ》なことだと一尉は笑ってみせる。

「俺にとって大切なのは、日夏だけだから」

はい、と開封したペットボトルを目の前に置かれる。水が飲みたいとなぜわかったのか、そう訊《たず》ねると「見てればわかるよ、それくらい」とさもあたりまえのように答えられた。

「ああ、ジュースのお代わりが欲しければ取ってくるけど」

「いや、平気。つーか、昼もミーティングあるとか言ってなかったっけ？」

「うん。あと少ししたらいくよ」

風紀の通常業務に加えて、自警団の雑事まで引き受けているとなれば多忙な身のはずなのに。

(……何だかな)

忙しい合間を縫ってこんなふうに甲斐甲斐《かいがい》しく世話を焼いてくれるのはありがたいのだが、同時に自分がお荷物になった気がして——。胸のモヤモヤがさらに濃くなった気分だった。

取り急ぎ昼食を取った一尉が、「じゃあ、あとで」と席を立つのを見送ってから、日夏は誰にも気づかれないよう小さく溜め息をついた。


それからの数日は、平穏にすぎた。

自警団との多少の小競り合いはあったものの、少なくとも日夏はそれほど絡まれずに済んでいた。一尉の方はそうもいかなかったようだが、いつか言っていたとおり本人はほとんど気にしていないようで、変わらず涼しい顔をしている。

(俺の世話を焼くのも、相変わらずだし)

もしも、陽性だったら——。「産みたい」と答えはしたものの、何もかも未知の世界すぎて、正直頭の方が追いついていないのが現状でもある。日に日に胸に広がりつつある、漠然とした不安。そんなとき、一尉がそばにいて親身になってくれるのは本当に心強いのだが。

(何でだろうな)

そうされればされるほどに、募っていく何かが少しずつ胸を塞いでいくのだ。その原因が何なのか、考えてもわからないのが何より歯痒《はがゆ》くて、落ち着かない日々が続いている。

「こーいうの、まじ苦手……」

鬱屈を抱えたままソファーでごろごろしていると、土曜だというのに学院に赴いていた一尉がおみやげを手に帰宅してきた。時刻は三時すぎ、おやつにはちょうどいい時間だ。

「はい、グレープフルーツの盛り合わせ」

「サンキュっ」

ソファーで受け取った籠《かご》の中から今日の一個を選《え》りすぐっていると、一尉が「そろそろかな」とカウンターにあるカレンダーにふと目をやった。

「二度目の検査、してみる？」

「……だよな」

時期的にはそろそろだと思っていたので覚悟はしていた。検査薬を手にトイレに向かった日夏が、複雑な顔で戻ってくるのを見て一尉も結果を察したのだろう。

「またグレーだった」

「そっか」

浮かない顔の日夏を励ますように、ソファーに戻った日夏の頭にぽんと一尉が手を載せる。

一度目もそうだったが、陰陽どちらでもなくグレーというのが何とも微妙な気持ちにさせるのだ。

（決着は次回か――）

半陰陽の妊娠検査は一度目で判定が出ることも稀にあるらしいが、たいがいは三回目までもつれ込むので忍耐が必要になるとはあらかじめ聞いている。どちらともつかない日々がまたしばらく続くのかと思うと気鬱になるが、滅入っていても仕方がない。日夏は努めて気持ちを切り替えた。

一時期に比べたら、つわりのような症状もかなり軽くなってきている。まだ食べられない物の方が断然多いのだが、最近ではフルーツ以外にも食指が動くようになってきたところだ。それでもやはり、安定して食べられるのはこういった柑橘系なので一尉の気遣いはありがたかった。

切り分けたグレープフルーツにむしゃぶりついていると、インターホンが鳴った。来客の予定でもあったろうか。モニターを確認した一尉が、途端に渋面になる。

「誰？」

「……母さん」

粧子がくることは聞いていなかったのだろう、世にも迷惑げに溜め息をついた一尉が無言でオートロックを解除する。ややして上がってきた粧子を中に招く際も、一尉は本意じゃない態度を隠そうともしなかった。

（気持ちはわからなくもないよな……）

日夏も、一尉の母親である粧子のことは少々苦手にしている。会うのはこれで三度目くらいだが、そのいずれの機会にもいろんな意味で肝の冷える思いをさせられた。

「やあ、嫁。妊娠したって？」

リビングに入ってくるなりそう声をかけられて、日夏は唇を尖らせながら「……いちおう、まだ不確定ですけど」とぼそりと答えた。挨拶《あいさつ》も何もあったものではない。

（また色、変わってるし）

髪色は黒に近いダークブラウンで、瞳の色はアッシュグレー。魔族は自身の種族の「色《カラー》」に誇りがあるため滅多に手を加えたりはしないのだが、粧子は特にこだわりがないらしく、気分でころころと色を変えるのだ。そんなところも、異端児たる所以《ゆえん》だろう。

「『変化』後のナカはすこぶる具合がいいって？　どうだったよ、そのへん」

真っ昼間から実の息子にそんなことを訊ねる母親というものがこの世に存在することも、日夏は粧子に会うまで知らなかった。

はたしてわざとなのか、それとも本当に好奇心なのか、粧子の言動はいつだって真意がわかりづらく、日夏にとってはある意味、宇宙人のような存在でもある。

冷めた一瞥だけで答えなかった息子にニヤリと笑ってから、粧子が肩を竦めてみせる。

「そういう話を聞くたびに、自身が男でないのが残念でならないよ」

続けて、いつものようにシモ系の軽口を叩きはじめた粧子に、日夏は「ああ、はじまったか……」と内心だけで頭を抱えた。

切れ長の瞳に薄い唇という吉嶺家の特徴でもある涼しげな面立ちに、長身でスレンダーなモデル体型、前下がりに切り揃えられたショートボブはクールな印象を与えるもので、黙っていれば粧子はかなり目を惹く美女だった。いくつになっても恋の噂が絶えないのも道理だろう。

ただ口を開くと、その印象は瞬く間に一変してしまう。外見と中身の印象とはこれほどに違うものなのかと、日夏はいまだにそのギャップに慣れずにいるくらいだ。

（こんなに美人なのに、中身はエロ親父っていうか）

とにかく下世話なことを涼しい顔でぽんぽんと言ってのけるので、日夏としては気圧《けお》されてしまうというか、そのえげつなさに毎度のように引いてしまうのだ。

「あんたの父親もたいがい○○だったけど、息子のあんたも相当だってね。そんなんで熱心に子作りされたら、嫁のあそこ、ヒラキっ放しになっちゃうんじゃない？」

勧めてもいないのにソファーに腰かけた粧子が、息子の性生活の実情をずけずけと訊《き》いてくる。そんな母親の言動にはいっさい構わず、お茶を出そうと腰を浮かしかけた日夏を視線で制してから、一尉が冷えきった眼差しで粧子を見据える。

「それで、本題は何ですか」

アポも取らずにきたくらいだ、よほど重要な話なんですよね、と嫌味を交えた息子に、粧子が「おやおや」と意味ありげに唇の片端を引き上げた。

「ふつう、祖母は飛んでくるもんじゃない？　孫がデキたかもしれないって聞いたらさ」

「あなたが、ですか」

皮肉げに返した一尉に、粧子が「もちろん一般論だけど」と即座に言を翻す。そんな理由でくるわけがないと断じた息子に、言うまでもないだろうと返す母子のやり取りは、いつもながら寒々としている。この二人が会話をはじめると、室温が下がったような錯覚を覚える。世の中にはいろんな親子がいるものだ。もしかしたらこれが、この二人なりのコミュニケーションなのかもしれないが。

（えーっと……）

食べかけのグレープフルーツの皿を前に日夏が所在なさげに膝《ひざ》を抱えていると、それに気づいたように粧子が「つわり、きついんだって？」と急にこちらに水を向けてきた。

「私も、トマトしか食べられない時期があったよ」

「あ……」

言われて初めて、粧子も同じ道をたどって一尉を産んだのだという事実にいまさらながら気づく。普段の言動があまりにあれなのでうっかり忘れかけていたけれど、そういう意味では日夏の「先輩」にあたるわけだ。

（そっか、この人も母親なんだよな）

母性なんて欠片《かけら》も感じさせない人柄ではあるけれど、事実は事実だ。

「――そんなことよりも」

粧子と顔を突き合わせて話す気はないのか、ソファーには座らずカウンターを背に本題を促してきた息子に、粧子が「はいはい」と両肩を竦めてからおもむろにスカートから覗く脚をさりげなく組み替えた。ハイブランドのシンプルなスーツが、その仕草だけでふいに色気を帯びて、知らず目を奪われる。こういう身のこなしのコントロールを、粧子はよく心得ている。人の気を引き、操る詐術が昔から得意なのだと、いつだか自ら言っていたくらいだ。粧子の言動に振り回される者があとを絶たないのは、その悪趣味が現在進行形で続いていることを示している。

一尉の父親の准将も、派手な見た目と色恋の遍歴を持つ、刹那主義の道楽人だ。一尉によれば両親の言動は揃っていい反面教師になったというので、この二人の間に産まれた一尉が限りなく真面目《まじめ》でストイックなのも道理なのかもしれない。

もっとも、火遊びの結果である一尉の子育てに二人ともほとんど関与しなかったというので、血筋以上の影響は及ばなかったのかもしれないが。

（顔はホントに、よく似てんだよなぁ）

二人を交互に眺めていると、遺伝子の不思議を垣間見《かいまみ》ている気になる。一尉の顔立ちは完全に粧子の血筋だが、印象的な部位にぽつんと散ったホクロは准将に似たのだろう。

自分と一尉の間に産まれる子供は、はたしてどちらの血をより濃く受け継ぐのだろうか——。そんなことをぼんやり考えていたせいで、日夏は二人が交わした言葉のほとんどを聞き流していた。そのさなかにかかってきた一尉への電話で、会話がいったん途切れる。

「上の空だね、嫁は」

一尉が席を外した直後にそう指摘されて、日夏は素直に現状を口にした。これも初期症状のひとつなのか、このところ昼夜関係なく眠気に襲われてつい意識が散漫になってしまうのだ。そのせいで、ほとんどの授業で居眠りしがちだった。

「ふうん。症状としてそういう話も聞くね」

その口ぶりから推すに、粧子はそうじゃなかったのだろう。

「――母になるのって、どんな気分ですか」

この際だからとぶつけてみた疑問に、粧子がわずかに目を瞠《みは》ってから淡く微笑んでみせる。

「最悪だね。産まないのがいちばんとしか言いようがない」

半ば予想はしていたが辛辣《しんらつ》な返しに、日夏は「でも」と食い下がった。

「粧子さんは、産む決断をしたんですよね」

「まあね、一回くらい経験するのもいいかなって。いま思えば、魔が差したんだ」

べつに誰の子でもよかったしね、と粧子が続ける。たまたま准将の子であっただけで、ハイブリッドの子を持とうと思ったわけでもない――と。人を謀《はか》るのに長《た》けた粧子のことだ、薄い笑みと共にくり出される言葉がどこまで真実なのかはわからない。

『俺は、母親に愛されてないから』

いつだったか、一尉がさらりと口にした言葉を日夏はいまも忘れられないでいる。

一尉は特に気にしたふうもなく、些末なことだと捉えていたけれど、両親から惜しみない愛を受けて育った自分には、その言葉は少なからずショックなものだった。実際に粧子に会ってみて、さもありなんと思いはしたけれど、それでもやはり腹を痛めて産んだ子供だ。

「粧子さんは一尉のこと、可愛くないんですか」

思わずそう口にするも、粧子には「さあ、どうかな」と首を竦められてしまった。日夏の直球を煙《けむ》に巻くのが楽しいのか、不服げに顔を顰《しか》めた日夏に粧子が朗らかに笑いかけてくる。

「いまの、解釈は自由だよ？　否定しなかったから少しは可愛いんだろうと思ってもいいし、話が面倒になったから適当に切り上げられたと思ってくれてもいい」

「俺は、本音が聞きたいのに」

「坊や。そう簡単に、人から本音なんて聞き出せると思わないことだ」

返された言葉のニュアンスからすると、いままでのは全部フェイクという気もするが、それこそがフェイクで本音が混じっていないとも限らない。粧子との会話は、まるで迷路だ。

（これだから、苦手なんだよな……）

それでも、日夏には粧子に伝えたいことがあった。

粧子的には、弾《はず》みでデキてしまった子供をただの思いつきで産んだのかもしれない。ただそれだけのことだったとしても、これだけはどうしても言っておきたかった。

「改まって言うのも何なんですけど——」

「何？」

唐突に切り出した日夏に、こちらを見やった粧子が訝《いぶか》しむように両目を細めた。心なしか、コンタクトの瞳の奥が明るくなったように見えた。

「一尉を産んでくれたことには、まじで感謝してます」

日夏の言葉に虚をつかれたように、粧子が瞳を丸くする。それから笑われた。「まったく、育ちのよさが知れるね」と続いた言葉は、はたして誉め言葉だったろうか。

通話を終えて戻ってきた一尉の顔を見るなり「確認できたようだね」と、粧子がしたり顔を傾げてみせた。表情にいくぶんかの不本意をにじませながらも、一尉が「ええ」とそれを首肯する。

「彼らが関与している可能性は充分あるようで」

「可能性じゃない、確定事項だよ」

そう言いきった粧子が、一尉の表情を窺うように片目を細めた。

「断言するだけの根拠がある、と？」

一尉の問いに、粧子はすぐには答えなかった。さきほどまでの話をろくに聞いていなかった日夏には、二人が何について話しているのかさっぱりだったが、緊迫した空気だけはひしひしと感じる。

押し黙ったまま二人のやり取りを眺めていると、やがて粧子がふっと口角を緩めた。

「そう言うあんたも、何か知ってんじゃないの」

「――いいえ」

一尉の返答に「あっそ」とあっさり引いた粧子がソファーを立つ。

「そういえば、キワコが帰ってきてるとか小耳に挟んだんだけど。あんた何か知らない？」

「さあ。姉妹《きょうだい》ゲンカに巻き込むのは勘弁して欲しいですね」

「巻き込むのは私じゃなくて、いつだってあっちなんだけどね――」

用はこれで済んだのか、粧子が一人で玄関に向かう。何だかわからないまま事態を見守っていた日夏だが、とりあえず見送りのためにその背中を追った。少し遅れて、後ろから一尉もついてくる。

「そうだ」

一尉が追いつく前に、ヒールを履き終えた粧子が何か思い出したように日夏を振り返った。

「私はそれほど長引かなかったけど、つわりがあんまりつらいようなら……」

「つらいようなら？」

耳を貸すようアクションされて素直に顔をよせると、粧子が小声のアドバイスを耳打ちしてきた。

そのあまりの内容に絶句したところで、追いついた一尉が怪訝そうに眉をよせる。

「何の話ですか」

「あんたも協力してあげなさいよ」

「――……ッ」

そんなのいらないとばかり全力で首を振った日夏に、粧子がニヤリと笑ってみせる。

「嫁も、好き嫌いはよくないぞ？」

いまにも涙目になりそうな日夏の様子に満足したのか、「じゃあね」と粧子が軽やかに出ていく。

(嫌がらせかよっ)

内心だけで叫んでから、日夏は恐る恐る一尉を窺った。粧子のアドバイスが何だったかを知らない一尉に、わざわざその内容を明かす気はない。

「何か言われた？」

「あれだよ、いつもの下ネタ。――それより、さっきの話は何だったんだよ」

先手必勝とばかり、日夏はさきほどまでの話を蒸し返した。幸いにも、一尉はすぐその話に乗ってくれた。これは今後の自分たちにもかかわることだから、と。——そうして、リビングに戻ってから打ち明けられた話は、確かに日夏には驚きの事実だった。

「それ、まじな話？」

「八重樫に裏を取ってもらったよ。どうやら本当みたいだね」

粧子からもたらされた情報をさきほど八重樫にも確認したところ、ほとんど確実だという言が取れたのだという。それが本当だとしたら、グロリアが被害に遭うのはほぼ必然だ。

「そうはさせないけどね」

それを踏まえたうえでの作戦をこれから練るから、できれば協力して欲しいと言われて、日夏は一も二もなく頷いた。

「もちろん、無理のない範囲で構わないからね」

「任せろって！」

このところ胸を塞ぎがちだった気鬱が、一気に吹き飛んだ気がして、自身の単純さに我ながら呆れつつも、その夜、日夏は久しぶりに少しだけ食欲を取り戻した。

3

「何でもおまえの思いどおりになると思うなよッ」

積もり積もった鬱憤が爆発したように、日夏は立ち上がりざまテーブルを叩きつけた。

口論が白熱した挙句の放言に、一尉が呆れたように目を細める。その冷めた眼差しを眇《すが》めた両目で睨みつけてから、日夏は「やってらんねぇっ」と足早にテラスをあとにした。追ってくる気配はない。そのまま小走りに本校舎を抜け、中庭まできたところで日夏はようやく歩を緩めた。

始業式に続き、生徒で賑《にぎ》わうテラスでの騒動はまたあっという間に校内をめぐるだろう。

そもそも今日は朝から二人して険悪な雰囲気を放っていたので、いつケンカに発展するかと待ち構えていた向きも多いはずだ。あの場に同席していた八重樫が面白半分に拡散していることも加味すると、それこそ瞬く間に広がっているに違いない。

（ったく、面白がりやがって）

それを証明するように、中庭にいた生徒のほとんどが好奇に充《み》ちた眼差しを日夏によせてくる。それを苦い思いで浴びていると、五時限目の予鈴が鳴った。それを潮に、生徒たちがぞろぞろと校舎に吸い込まれていく。やがて辺りが無人になっても、日夏はその場を動かなかった。中庭の舗道に沿った並木のひとつに手をつきながら、緊張で少しだけ乱れている呼吸を整える。

本鈴が鳴ってから数分後、覚えのある気配がゆっくりと中庭に現れた。声をかけられる前に振り返ると、目を合わせた千柄が親しげに微笑んでみせる。

「いかないの、授業」

「……そんな気分じゃねーし」

そう返しながらそっぽを向くと、なるほど、と近づいてきた千柄が隣に肩を並べる。自分と一尉が派手に仲違《なかたが》いしたことを誰かから聞き及んだのだろう。

「僕でよかったら、話を聞こうか」

舗道沿いに並ぶベンチのひとつを指し示しながら、千柄が首を傾げてみせる。

それに応じるべきか、束の間躊躇《ためら》ってみせてから日夏は意を決したようにベンチに腰かけた。

まったく、何もかもがいっそ呆れるくらいに――。

(あいつの思いどおりだな)

筋書どおりの結果に内心だけで感嘆しながら、それが表に出ないよう日夏は努めて顔を顰めた。


粧子から得た情報を元に、一尉はすぐに動いた。

生徒に内通者がいることを警戒して結成された「自警団」だが、まさかのその中心人物こそが当のスパイだなんて――。誰が疑うだろうか。

以前の犯行についてまでは不明だが、プレシャスの事件に関しては万結の関与が濃厚になっているのだという。ただ本人の性格や資質を考えると首謀サイドとは考えにくい点や、八重樫が深く探るまで関与の糸口さえつかめなかったことを考えると、万結は恐らくただの手足にすぎない。その裏で糸を引く人物——それこそが、千柄ではないかというのが一尉の導き出した結論だった。

『でもあいつ、プレシャスがやられたときはアカデミーにいたんだろ？』

『それって、これ以上なく強力なアリバイになるよね』

千柄の持つ能力を考えると、自身が海外にいようとも計画への参加は容易《たやす》かったろうと一尉は言う。もっとも主体はあくまでも窃盗団側で、千柄はアドバイザーのような立場にいたのではないかというのが一尉の推論だった。計画に参加したのはプレシャスの一件からで、その実行に現場で手を貸したのが万結。その成功に気をよくして、今度はグロリアを狙っているというわけだ。

『なんで、そんなこと……』

万結はともかく千柄には、一尉に負けずとも劣らない経歴と才がある。いまから輝かしい未来を約束されているようなものだ。それを反古《ほご》にしてまで、犯罪に手を染める理由があるだろうか。千柄の動機について確実な心あたりは一尉にもないと言うが、何となく思うところはあるのだという。

『多くのウィッチと同じく、「吉嶺」も女系だからね。どんなに優秀でも、家名を継ぐのは千柄じゃない。妹の百世《ももよ》がその筆頭だよ。なのに、家の都合でいまの立場を強いられていると考えたら、反抗心が芽生えたとしてもおかしくない』

宗家としてではなく、母親のごく個人的な意地とプライドだけでエリートコースを強要されてきたこれまでを思えば、千柄が鬱屈した思いを抱えていても不思議はないらしい。事実、千柄にはそれ以外の道は許されていなかったはずだと一尉は言う。

『母親に対しての鬱積はそのまま、本家に対しての遺恨になる。「吉嶺」の名に泥を塗りたいと千柄が思い詰めていたとしたら、これくらいのことはするかもしれない』

『でもそんなことしたら、自分の経歴まで台無しじゃねーか』

『それくらい捨て鉢なのかもしれないし——。千柄の真意は俺にもわからないよ』

母親への恨みの募り具合で言えば兄の万結の方が年季が入っているので、二人で共謀して憂さ晴らしをする気なのかもしれないと一尉は考えているらしい。

だが現状、吉嶺兄弟と窃盗団に繋がりがあるらしいことまではつかめたものの、まだ彼らを槍玉《やりだま》に挙げられるほどの証拠が揃っているわけではない。いま下手に動いて勘づかれた場合、窃盗団が取る手段は恐らく二つだ。このまま姿をくらますか、もしくは強行手段に及ぶか。後者であった場合、いま得ている情報もすべて無駄になりかねない。

『だから、彼らにはこちらの掌で踊ってもらうつもりだよ』

そのために一尉が講じたのが、自警団とは別働隊になる「セキュリティチーム」の発足だった。その際に「アカデミーからの要請」という態を取ったのは、学院側からも吉嶺本家からも干渉を受けない領域を確保したかったからだという。

一尉によると、アカデミーの理事を務める人物の「私的なお宝」が、グロリアの金庫室には収蔵されているらしい。美術的価値はそこまで高くないものの、理事にとってはかけがえのない思い出が詰まっている唯一無二の代物なのだという。

『その指輪には、愛人との思い出が詰まってるらしくてね。奥さんに見つかると処分されちゃうから、グロリアの宝物庫に紛れさせたんだってさ。――創立当時にね』

グロリアの創立は古い。前身から数えれば、ゆうに百二十年は超えるはずだ。アカデミー関係者には多いと聞いていたが、理事は魔族の中でも長命な種族「古代血種《クラシック》」なのだろう。魔族の祖に近い血を引く彼らは、短くても三百年は生きるらしい。いまでは現代魔族の主流になった「純血種」と比べれば年々人口は減ってきているらしいが、魔族の中枢に近い場所にいるのはいつだって彼らだ。

『まあ、本人はほとんど忘れかけてたみたいだけどね』

そのワケありなお宝がグロリアに眠っていることを突き止めたのは八重樫、交渉にあたったのが一尉ということらしい。忘却しかけていたとはいえ、それが理事にとっていまも大切なものであることに変わりはなく、強力な後ろ盾《だて》を得るに至ったわけだ。

『その指輪を守って確保する代わりに、チームの発足申請を依頼したんだよ。加えて理事には、助《す》っ人《と》も送ってくれるよう頼んであってね』

その指輪に理事の事情が絡んでいることを知っているのは、ごく限られた者だけだ。一尉と八重樫、それから自身も四分の一だがクラシックの血を引き、加えて理事とは面識のある隼人、そしてチームで動く以上はと、古閑と日夏にまでは事情を話してもいいと許可が出ているのだという。アカデミーから助っ人がきていることも、ほかの者たちは知る由もない。

表向きの構成員としては一尉たち五人に、風紀委員会からも数人回してもらうことになった。名目はあくまでも、アカデミーが預けている「全魔具と宝飾品」を守るためのセキュリティチームだ。理事からの直々の指名とあり、一尉がリーダーを務めることに異を唱える者もいなかった。アカデミーの威光はかくも絶大なものだ。活動内容は自警団と被《かぶ》るところもあるものの、アカデミーに関連する懸案事項はすべてセキュリティチームに回される運びとなった。

だが鳴り物入りで結成したこのチームも、作戦上はあくまでも囮《デコイ》――。その裏で本命のチームを暗躍させるのと、吉嶺兄弟の反応を窺うのが主眼の隠れ蓑《みの》である。

『君らもいてくれるなら、心強いよ』

千柄率いる自警団も、表向きは一尉のセキュリティチームを歓迎してくれた。アカデミーの信頼は千柄にではなく、一尉の方にあると示すようなことの運びに裏ではかなり揉《も》めたらしいが、目的に向けて相互協力を提案してきたのも向こうからだった。できる限りで、とこちらも請け負いはしたが、発足したばかりで手が回りきっていないことを理由に、提携までは数日の猶予をもらった。

そんななかに日夏と一尉が大ゲンカすれば、こちらの内情を探りに接触してくるだろうという一尉の読みはあたった。

「――そっか。距離が近すぎると、ぶつかることもあるよね」

一尉の用意したシナリオに沿いながら零した日夏の愚痴に、千柄は穏やかに耳を傾けてくれた。ところどころ実際の不満も織り交ぜたことで、真実味はそこそこあったのではないかと思う。元来嘘《うそ》は苦手でこういう役回りに向いていない自覚はあるのだが、これが自身に課された使命だと思うと、今回は不安よりもやる気が上回った。

（まあ要するに、このところ退屈してたっていうか）

祭りは参加してなんぼだ。傍《はた》で盛り上がりを見ているだけなんて、つまらないにもほどがある。

日夏にこの役を任せることに一尉は最初躊躇《ちゅうちょ》したけれど、できると押しきったのは日夏だ。

「もし君さえよければ、だけど。一尉たちとの連絡役を務めてくれないかな」

「俺が？」

「そう。連絡役と言っても、うちの方に入り浸りで構わないよ」

そうやって距離を取ることで、互いに頭が冷やせるんじゃないかという千柄からの提案に、日夏はたっぷり間を取ってから「それもいいかもな」と応じた。本当はこちらからその任に立候補するはずだったのだが、向こうから言い出してくれるとは手間が省けてありがたかった。

（よし、第一段階はクリアだな）

求めていた役回りを首尾よく手に入れた安堵が、日夏に重い溜め息をつかせた。それをどう受け止めたのか、千柄が「君も大変だね」と日夏を案じるように表情をより和らげる。

「体の不調だけでも難儀そうなのに」

「え、あ……」

「一尉も、君のことが大切すぎて空回ってるんだろうね」

思いがけず親身な言葉をかけられて、日夏は内心だけで身構えながら千柄を見やった。

「……まあ、そうなのかもしんねーけど」

こちらの目的は相手側の腹のうちを探ることであり、その逆ではない。うっかり失言しないよう口を噤《つぐ》むと、それをまたどう解釈したのか、千柄が「ああ、ごめんね」と少しだけ眉を弱らせた。

「一尉の肩を持つ気はないよ。それよりここは肌寒いから」

もう中に入った方がいいよ、と紳士的な態度で本校舎へと誘導される。その表情はどこまでも穏やかで、相対した印象としては「嫌味のない好青年」といった感じだ。そつがなく裏もない、優等生然としたこの顔と態度が外面だというのであれば、これは筋金入りだろう。

(なんとなく……誰かに似てる、かも)

それが誰だか思い出せないうちに、日夏は千柄によって教室まで送られた。ご丁寧に中にいた教師に、日夏の遅刻は不調による不可抗力だったと進言までしてくれている。千柄の言い分を、教師は疑いもなく受け入れた。

「なんで……」

「引き止めたのはこっちだから。――体に気をつけてね」

扉口でのすれ違いざま、おせっかいの理由を告げてから「じゃあまた」と千柄が廊下を歩き出す。

自警団の拠点となっている第二執務室の応接セットには、千柄自らがさきほど淹《い》れてくれた紅茶が並んでいる。高そうなティーセットとこれまた高そうなスイーツ類を囲みながら、日夏たちは特にやることもなく、半ばやけくそ気味にティータイムを楽しんでいるところだった。日夏の体調を慮《おもんぱか》ってか、銘柄は多様に取り揃えられており、今日は試しにアップルティーを選んでみたところ、これならどうにか飲めそうだった。――こんな光景が、もう二日も続いている。

「ただのごく潰しじゃねーか」

そう評した万結の見方は、ある意味とても正しい。

いちおう名目としては「連絡役兼助っ人」として派遣された身なのだが、自警団の仕事を特に割り振られることもなく、こうして何やら優雅な放課後を堪能しているだけという有様なのだ。――もっとも、自警団の仕事を振られないのはやはり警戒されているからだろう。連絡役の仕事も、いまのところは放課後の終了と共に報告書を一尉たちにメールで送るだけなので、何ということもない。

せめてこの部屋が無人になれば家探しもできようという話なのだが、万結を含め自警団のメンツは定期的に校内の見回りに出かけるものの、千柄だけは執務机でラップトップに向き合ったまま席を離れようとしなかった。

「それって何やってんの?」

何度かそう訊ねてみたのだが、千柄には「いろいろと」と笑顔で誤魔化されてしまった。

(そりゃ、そうだよな)

この状況でストレートに訊いて、正直に返してもらえるわけがない。そう簡単に本音が聞けると思うな、とはあの日の粧子にも言われた台詞だが、それは道理だと日夏も思っている。

そう考えると、どうしてもやはり――。

「人選ミスじゃね……？」

自警団に連絡役として潜り込むのはうまくいったが、いざ敵地で諜報《ちょうほう》活動となると自分ほど不適格な人物もいないのではないかと、我ながら思わざるを得ない。

日夏のぼやきを聞いたのか、隼人が「そんなことないよ」と小声で返してくる。

「というか、このメンツにそんな期待はかけられてないと思うな」

「……あいつの言うとおりってことかよ」

初日に続き、さんざっぱら嫌味を言っていた万結だが、今日はこれから見回りのあとに職員会議だと言っていたので、もうこの部屋に戻ってくることはないだろう。

「でも、まあ……」

隼人の言葉に同意したくはないが、向かいのソファーで卓上のスイーツに片っ端から手をつけるのに忙しい山下を見ていると頷きたくもなってしまう。頑《かたく》なにマスクは外さず、隙間から器用にマカロンを押し込む山下と目が合った。ゴーグルの向こうから、美味《うま》いぞと目顔で勧められるも、そういう話をしているのではない。

この山下、食べ終わるとすぐに寝てしまうので役立たずとしては日夏以上だ。喉が炎症を起こしているとのことで、とにかく一言も喋《しゃべ》らない（炎症を起こしているわりにはよく食べるのだが）。無口に加えて、不愛想。彼がどうして連絡員に選ばれたのか、傍からは謎《なぞ》で仕方ないだろう。

一方の隼人も、基本的には紅茶を片手に持参した本を読んでいるか、タブレット端末を弄っているかなので、日夏は二日目にして早くもこの任に限界を感じていた。

なので千柄が仕事を振ってくれたときは、後光が差して見えたものだ。

「森咲くん、ちょっと頼みたいことがあるんだけど」

「何、やる」

内容を聞きもせず飛んでいった日夏に、千柄が途端にふっと吐息交じりに笑った。

いつも浮かべているトレードマークのような微笑みとは違う、咄嗟に堪えきれなかったようなその笑みがなんだか新鮮で、まじまじと千柄の顔を見つめてしまう。

「ごめん、思わず笑った」

そう自己申告してから、千柄がお返しのようにしみじみと日夏の顔を覗き込んでくる。執務机を挟んで向き合いながら、数秒ほど見つめ合っていたろうか。

「君って、見てて飽きないよね。ちょっと楽しくなってきた」

「そうかよ。――つーか、あんたってさ」

千柄の挙動について感じたことを素直に言いかけてから、日夏は思い直して口を結んだ。

「僕が、何？」

「あー……いや、何でもね。それより仕事って？」

千柄が、それ以上追及しないでくれたのはありがたかった。

「この目録を、区分ごとにファイリングして欲しいんだ」

そう言いながら、ファイルの詰まった箱を渡される。それを二つ返事で受け取ると、日夏は続き間に持ち込んで長机に広げた。箱の中身がけっこうな量だったのを見てか、すぐに隼人が手伝いにきてくれた。山下はまだスコーンを平らげている最中だろう。

目録を指定された区分順に並べ替えながら、「どう思う？」と隼人に問いかける。箱の中身を選別しがてら、ざっと目を通していた隼人が「どうって何が」と返してくる。

「千柄だよ。あいつ――」

そこまで言ったところで、隼人がおもむろに人差し指を唇に押しあてた。

それから指を鳴らして、辺りに「結界」を張る。隣室にいる山下に特に動きがないので、千柄が聞き耳を立てているということはなさそうだが、念のためということだろう。

「あいつ、万結がいるときとそうじゃないときとで態度、違うよな？」

さきほど千柄の前で、うっかり口にしかけたのがそれだった。

「態度が？」

そう反問した隼人が、ふいに日夏の背後に移動してくる。そのまま後ろから抱きすくめられて、鼻先でくすぐるように首筋を探られた。

「ちょっ、おま」

慌てふためく日夏を悠々と腕の中に閉じ込めながら、隼人がくすっと耳元で笑う。

「日夏が可愛すぎるのが悪い」

そんなことを隼人の声で言われると、ぞっとしないものがある。全力で身じろいで腕の囲いを解かせると、日夏は素早く身を反転して隼人の形のいい鼻先をつまんだ。

「その姿でこーいうことしてくんなっ」

「じゃあ、こっちの姿ならいい？」

パチンと指を鳴らして能力を解除した隼人が——もとい、本来の姿に戻った一尉がするりと日夏の腰に両手を回してきた。そのまま抱きよせられて、首筋にキスを落とされる。

他者の能力を奪い、一時的に自身のものとして行使できる——それが一尉の持つ能力『強奪《スナッチ》』だ。すなわち隼人の能力『幻視』を使って、一尉は自ら自警団に潜り込んでいるというわけだ。ちなみにいまセキュリティチームの方にいるのは、自身の能力で一尉に姿を変えた隼人である。

「校内で日夏に触れられないの、やっぱりつらいよ」

「……それが目的で、今日こっちきたんじゃねーだろうな」

腰にあったはずの一尉の手が、いつの間にかスラックスとシャツの隙間をなぞっていて、日夏は慌てて一尉の足を踏んづけた。油断も隙もあったものじゃない。

結界があるから誰にも見られないのに、と耳元で囁かれるが、もちろんそういう問題ではない。

自分たちはあれから冷戦に突入したという「設定」になっているので、校内ではろくに顔を合わせてもいなかった。念の入ったことに、この設定に不審を抱かれないよう日夏はいま代官山《だいかんやま》の家には帰っていない。テラスで大ゲンカを演じたあの日から、日夏は「言い分に同情してくれた」隼人の家に転がり込んでいるのだ。とはいえ、そこに帰ってくるのは隼人の姿をした一尉なので——要は、隼人と一時的に住居をトレードした状態にあるわけだ。

最初に計画を説明されたときは、そんなことまでする必要があるのかと思ったものだが、参謀である一尉が必要だと言うのであれば、日夏は従うまでだった。

「いーかげんにしろよ……っ」

スラックスの隙間に差し込まれていた指を後ろ手に引っこ抜くと、日夏は思いきりその指を振り払った。人目を忍んでこういうことをしてくるのは、当然ながら一尉の方である。

「ごめん、つい我慢できなくて」

涼しげに微笑んだ一尉が、両手を挙げて無害をアピールしてくる。校内で触れ合えないのは確かにそうなのだが、帰宅してからはそれを理由に密な接触を求めてくるので。

(どの口が、っつー話だろ)

一尉も隼人も器用なもので、『幻視』を使って姿を変えている間は言動もそれぞれによせている。おかげで適宜入れ替わる二人がはたしてどちらなのか、ぱっと見で区別がつくのは自分くらいなものだろう。

ヒトの血が流れている影響なのか、日夏には気配だけで魔族の判別ができるという特技がある。なので放課後の待ち合わせに現れた時点で「今日の隼人」が一尉なことはわかっていたのだが、言動があまりにも普段の隼人なのですっかり油断していたのだ。もっとも昨日は隼人本人が顔を出していたので、日夏の態度が変わることで勘づかれるのも悪手だ。油断が出るくらいで、ちょうどいいのかもしれないが――。

「こーいうのはもうなしな?」

日夏の釘《くぎ》刺しに、曖昧に首を傾けるだけに留《とど》めた一尉が「――ところで、体調はどう?」と急に表情を改めてきた。優しく頬を包まれて、気遣わしげに覗き込まれる。

至ってフツー、と返した言葉に嘘はない。この数日で少しずつだが食欲不振も解消の兆しをみせ、食べられる物もだいぶ増えてきたところだ。任務のおかげで日々に張り合いもできたし、考えても仕方がない不安についてはひとまず横に置いてある。

(周りからは、そう見えねーかもだけど)

ケンカの発端は些細《ささい》なものだが互いに意地を張り合って拗《こじ》れている、という設定なので、いまだに校内では険悪な雰囲気を演出しているのだが、三日も冷戦を続けていると周りはいろいろと勘繰るものらしい。妊娠をめぐって意見が対立しているとか、婚約解消も秒読み段階だとか、好き勝手言っている外野の言葉に苛立《いらだ》つこともあるけれど、実情とはかけ離れているので日夏はすべてスルーしている。それに噂の中で悪者にされがちなのは、わからず屋を演じている一尉の方だった。

本人がそう仕向けたとはいえ、一尉の悪評が校内で囁かれるのはあまり気分のいいものではなかった。周囲がそんな空気なので、吉嶺兄弟はいつも以上に悪口雑言を吐くものと思っていたのだが——。第二執務室での日夏に対する千柄の態度は、予想外なほど柔らかいものだった。

「さっきも言ったけどさ」

万結の方は一貫して態度も悪く、一尉に対するあてこすりをこれでもかと日夏にぶつけてくるのだが、その際さりげなく緩衝材になってくれるのも千柄だった。おかげで日夏も、どうにか一尉とケンカ中という体裁を保てているようなものだ。

（そうじゃなかったら……）

とっくに万結を張り倒して、大ゲンカに発展していたことだろう。

万結の放つ罵詈《ばり》には及ばないまでも、さきほどの「使いよう」発言といい、千柄も人あたりのいい笑顔でちょいちょい辛辣なことを言いもするのだが、考えてみると千柄がそういう言葉を口にするのはその場に万結がいるときがほとんどなのだ。それ以外ではことあるごとに日夏の身を案じてくれる、心優しい優等生という印象が日に日に強まってきているくらいだ。

「そーいうのも、もしかしたら演技かもしんねーけどさ……でも、なんか」

悪いやつとは思えない、と俯きながら本音を口にした日夏に、一尉は「そう」と返しただけでそれ以上何も言わなかった。

（はっ、敵に懐柔されたとか思われてる……？）

無言を訝しんで顔を上げると、穏やかに微笑むだけの一尉と目が合った。

「……何だよ」

「うん。そうだったらいいなって、俺も思うから」

それは一尉の本音なのだろう、吐息交じりの言葉はいつになく儚《はかな》く聞こえた。

長年ライバルとして周りには扱われてきたが、そこに互いの意思は最初から介在していない。個人的には一尉も思うところがあるのだろう。

「——とはいえ、まだ油断はできないけどね」

「そっちはなんか進展あった？」

結界を張ったついでに、と一尉が調査の現状について聞かせてくれる。

セキュリティチームの裏では、八重樫たちがずいぶん楽しく暗躍しているらしい。隼人も向こうにいるときは、一尉の姿で表向きのチームリーダーをそれなりにこなしているはずだ。日夏と同じく連絡係に組み込まれた山下も、あれはあれでそれなりに役割があるので、働いていないのはいよいよ自分だけではないかと思えてきて、話を聞くうちに日夏はいつしかガックリと項垂れていた。

「俺、ぜんぜん役に立ってなくね……？」

せっかく潜り込んだ自警団でやっていることといえば、本当にお茶を飲んでいるだけなのだ。ようやく割り振られたこのファイリングからも、たいした収穫は得られそうになかった。

「むしろ、逆っつーか」

他愛ない世間話の合間に、千柄にさりげなく探りを入れられていた可能性はある。有用な情報は流していないつもりだが、そういう点で日夏はあまり自分を信用していない。役立っていないだけならまだしも、足を引っ張るのだけはごめんだった。

日夏が口にしたその可能性を、一尉は「そんなことないよ」と笑顔で否定してくれた。

「兄の動向に、さっそく変化が表れたしね」

千柄の方には目立って不審な動きはないものの、万結は昨夜から急に姿をくらますようになり、その行く先はまだ特定できていないのだという。万結の持つ能力『透明化《インビジブル》』は敵に回すとなかなか手強《てごわ》いらしい。対策は打ってあるがまだうまく機能していないこともあり、しばらくは様子見に徹するということだった。

「日夏は、無理にスパイすることないよ」

「でも――」

いくら役に立っていると言われても自覚はないし、ただお茶を飲んでいるだけという現状にこれ以上耐えられそうにないと訴えると、しばしの思案のすえ、一尉はこんな提案をくれた。

「じゃあ、こういうのはどうかな」

千柄からできるだけ、パーソナルな情報を聞き出すこと――。自身の家について思うところや、凶行に走らせる契機になったような何かがわかれば、新しい糸口になるかもしれないと言われる。

「場合によっては、説得の材料にも使えるしね」

相手がほかの誰かなら千柄も警戒するだろうが、その点日夏なら適任だと太鼓判まで押された。

「俺が？」

「日夏が器用に嘘をつけないのは、もう向こうもわかってるだろうし、ストレートに訊ねたら案外答えてくれるかもしれないよ。彼の能力を考えると、ぽろっと本音を零す可能性もあるし」

（ああ、そーいうことか）

千柄の持つ能力『脚本《ストーリー》』は記憶操作系で、部分的な上書きや修正なども細かく利くのだという。通常こういった能力は相対して初めて発動できる類のものなのだが、千柄の場合、対象者に動画や文章などを見せることである程度の記憶コントロールが可能らしい。その点が非常にめずらしく、アカデミーにも評価されたというが、そういう側面について千柄は公にはしていない。

そんなふうに自身の能力の一部を隠すのは、魔族にはよくあることだった。能力のすべてを吹聴《ふいちょう》することは、自身の限界や弱みを公言するようなものだ。

一尉がそれを知っているのは、アカデミーで噂を耳にしたからだという。本人はあくまでも否定したというが、信憑《しんぴょう》性は高いらしい。一尉が千柄に疑いの目を向けたのも、それがあるからだ。

「確かに、俺は適任かもな」

日夏に対して失言したとしても、千柄は能力でそれを操作できると思っているだろう。それが油断になるというわけだ。日夏が記憶操作系の能力に耐性があることなど、知りもしないはずだ。

「君のお母さんのギフトだね、これは」

「……ん、だよな」

日夏の母親・深冬《みふゆ》もまた記憶操作系の能力を持っていた。

駆け落ちすることで椎名本家から逃げ出した母は、いつかは連れ戻される可能性が高いことをわかっていたのだろう。人間である惣輔からはきっと魔族に関する記憶を抜き、そのまま放り出すに違いない。そして日夏からは不都合な記憶を抜いて改竄《かいざん》し、意のままに操ろうとするはず——。そんな深冬の危惧は数年後に現実となった。けれど彼女がプロテクトをかけていたおかげで、惣輔も日夏も、三人ですごしたかけがえのない日々を忘れずに済んだのだ。

その影響なのか、自分たちには記憶操作系の能力に対する耐性がある。惣輔など、その強みを利用してアカデミーにまで上り詰めたようなものだ。

「よし、頑張るっ」

決意も新たに拳《こぶし》を握ったところで、一尉にふいうちでキスを盗まれた。

「……っ」

「ごめん、つい。——でも、やっぱり日夏が可愛いのが悪いんだよ」

二度目になる戯《ざ》れ言《ごと》を聞かされながら、今度は顎《あご》を取られて逃げられないよう上向けられる。

目を合わせたまま「おまえな……」と苦言を呈すも、自身の声がさっきよりも甘くなっていることに気づいて、耳元がほんのりと熱くなった。

「…………」

唇の内側をそっと噛みしめながら、じっと藍色の瞳を見返す。呼応するように、一尉の瞳が妖しげに煌《きら》めいたところでしかし、唐突に続き間の扉がノックされた。

「あんまり静かだから、どうしたのかなって」

返事をする前に扉が開かれるのと、一尉が結界を解き、自身の姿を変えるのとはほぼ同時だった。顔を覗かせた千柄が「これ、どういう状況？」と首を傾げる。

「——……っ」

まるで隼人に迫られているかのような体勢について、即座に言い訳しなければいけないのに、日夏は酸素を求める金魚のようにパクパクと口を開閉させることしかできなかった。

（つーかこれ、浮気現場に見えてんじゃ……っ）

そう思いついた途端、今度は頭が真っ白になる。その直後——。

「日夏の目に、睫《まつげ》が入って」

隼人が優美な笑みを披露してから、すっと一歩退《しりぞ》いた。たかが睫を取るのにそんな体勢を取る必要があったのかというくらいに二人の体は密着していたのだが、天然の挙動ならありえなくはない。そう千柄も納得したのか、「なんだ」と肩から力を抜くのが見えた。

「てっきり、浮気現場かと」

にこっと笑われて、ほとんど反射で日夏も笑い返していた。心中の動揺を悟られまいと表情筋は笑顔でキープしたまま、一歩先にいる一尉の踵《かかと》を軽く蹴っておく。

「痛い」

「痛いじゃねーよ、紛らわしーだろうが……っ」

「でもちゃんと睫は取れたでしょ？」

「そーだけど！」

一尉の演技に合わせて表情を崩しながら、そっと横目で千柄を窺う。こちらのやり取りを微笑ましそうに眺めているだけで、疑っている様子はなかった。一尉の——もとい、隼人の言い分をそのまま信じてくれたのだろう。けっきょくその日頼まれた仕事はそれだけで、ほどなくして放課後も終了、本日の自警団は解散となった。

——翌日の放課後から、日夏は自身の任務にひたすら精を出した。

「べつにいーじゃん、ちょっとくらいっ。減るもんでなし！」

「残念だけど、気分的に減るんだ」

今日も今日とてチャレンジはした、そして撃沈した日夏に、千柄がにこっと微笑んでみせる。

あれから二日。日夏の任務進行はまるで捗々《はかばか》しくなかった。ことあるごとに話を振ってみるのだが、千柄が乗ってくれることはなく、日夏に対する扱いも次第にぞんざいになってきている。

「そもそも、どうして急に知りたがりになったの」

「え、何となくだけど？」

そんな返しじゃバレバレだよ、と笑われたのでこちらの魂胆はとっくに見抜かれているのだろう。

ちぇー……とソファーでふてくされていると、千柄がふいに席を立った。

「ちょっと出てくるけど、留守番できる？　難しかったら言って」

人のいい笑みでこれだ。完全にバカにした言い草に腹を立てる気力すらなく、日夏は千柄に向けてひらひらと手を振った。行先は言わず「よろしくね」とだけ残した千柄が執務室を出ていく。その背中を見送りながら、日夏は自らの不甲斐なさにぐったりとソファーにもたれかかった。

「今日も成果ゼロだし……」

項垂れる日夏の視界に、すっとホワイトボードが入り込んでくる。「ほねおりぞんのくたびれもうけ」全部ひらがなで書かれているので読み取るのに時間がかかった分、よけい癪《しゃく》に障る。

「おまえも、寝てばっかいねーで働けっての」

一度引っ込んだホワイトボードが「いっしょにするな」という殴り書きと共に戻ってくる。

自分はきっちり働いていると言いたいのだろう、斜向かいのソファーでダックワーズをわしづかんでいた山下が、それをむぎゅっと口に詰め込むなり、スラックスのポケットから小さなパフュームボトルを引っ張り出してみせる。自慢げに見せてくるのが何より腹立たしかった。

「……つーか、まじで寝すぎだからな」

いちゃもんをつけられるところが減って、いささかトーンダウンした日夏に「じさぼけだ、しかたあるまい」と山下が返してくる。

（何が時差ボケだ、もう何日も経つだろうが）

それは言い訳で、たんに惰眠を貪っているだけとわかってはいるが、確かに自分よりは仕事をこなしているのでそれ以上注意することもできず、日夏は複雑な顔つきで黙り込むしかなかった。

「――あ」

急に名案が降ってきて思わず立ち上がるも、いやしかしな……と思い直してまた座り込む。

千柄不在のいまこそ家探しのチャンスだと思ったのだが、自分が漁《あさ》ったところで有用な情報を見分けられるとも考えにくい。こんなときに限って、隼人が不在なのは痛かった。

今日は月一の委員会があるとかで、まだここに顔を見せていないのだ。中身がたとえ本人だったとしても、きっと自分よりは役立ったのではないだろうか。

「うぅ……」

そこまで考えて、自らの結論に図らずも心を折られる。うっかりハートブレイクな気分に陥っていると、ふいにノックもなく扉が開いた。

ばたばたとした足音が数人分入ってくる。見回りに出ていたチームのひとつだろう、ソファーで寛《くつろ》いでいる（ように見えただろう）日夏を見るなり、あからさまに全員が顔を顰めた。

「――万結さんは」

所在を訊かれて首を振ると、それぞれが顔を見合わせる。今日はまだ万結の顔を見ていないが、ここにいるとでも言われたのだろうか。そのうちの一人がはっとしたように執務机に走った。

「おまえ、勝手に漁ったんじゃないだろうな!?」

言いながら、机回りを慌てた様子で確認しはじめる。

「油断も隙もないな、この泥棒猫が」

「はあ？」

確かに考えはしたが、それだけだ。実行には移していないので証拠も何もないはずなのに、彼らは日夏が家探しをしたともはや決めてかかっていた。

「んなことするかよ」

「黙れ、どうせスパイなんだろ？　見え透いた手で潜り込んできやがって」

机上の確認を終えた男が、「データ、返せ」と日夏に向かって掌を差し出してくる。目に見えて消えたものがない以上、データで持ち出したに違いないという発想なのだろう。

「早くしろ。ここで裸に剝いて調べてもいいんだぞ」

「ふざっけんな、俺はやってねーって言ってんだろーがっ」

理不尽な扱いに声を荒らげると、リーダー格らしいその男がつかつかと険しい顔で詰めよってきた。人間の話など信じられるかと吐き捨てられて、こちらもつい頭に血が上ってしまう。

「だったら、証拠出してみろよ！　できもしねーくせにテキトーなこと言ってんじゃねーよっ」

売り言葉に買い言葉でそう返すと、てきめんに激高した男をほかの数人が宥めにかかる。

「待てよ、落ち着けって丹澤《たんざわ》……」

「うるさい、気安く俺に触るなっ」

（——丹澤って、確かこいつ……吉嶺の分家筋のやつだよな？）

やたらと万結をちやほやするシンパの一人だったはずだ。学年は確かひとつ上、万結と同じくらい吉嶺の威光を笠《かさ》に着た言動が目立つ男で、尊大な態度が最初から気に入らなかったやつだ。

気に入らないのは向こうも同じなのか、丹澤が「ハイブリッド風情がいいかげんにしろよ」と凄《すご》みながら顔を近づけてくる。さながら、動物の威嚇《いかく》だ。上から目線で圧するように睨《ね》めつけてくるが、いくら凄まれたところで怖くも何ともない。こういう口を利くやつほど小物なのは、世界の常識というやつだ。わかりやすく鼻で笑ってやると、丹澤の頬が引き攣るのが見えた。胸ぐらをつかんで、拳を振るってくるのも時間の問題だろう。

（くんならこいよ）

それならそれで応戦する気で睨みつけていると、ほかの取り巻きが「さすがにまずいだろ」と丹澤に囁いて踏み止《とど》まらせようとする。

「こいつには構うなって言われてんだし……」

「こういうやつは鼻っ柱へし折らないとわかんねーんだよ。——だいたい、おかしいだろ？　アイツの弱みが手中にあるってのに、使わない手はねえってんだ。違うか？」

丹澤が周りのやつらに滔々と言って聞かせる。

（それっ、て……）

絶賛ケンカ中とはいえ、確かに図式としてはそうなるだろう。

自分が一尉にとって何よりの弱みになる自覚はある。そうならないよう努めてきたつもりだが、この任務も角度を変えればそういう見方になるわけだ。ここにきた当初からずっとそんな目で見られていたのかと思うと、背筋にぞくりと冷たいものが走った。

「ちょうどいい、こいつをボコってあのヤロウに宣戦布告といこうぜ」

「でも、いちおう本家の意向は……」

「本家？　腰抜けの次男なんかに任せとくから、こんなやつがつけ上がんじゃねーか」

自身の言葉がガソリンにでもなったように、丹澤がぐっと拳を握りしめる。

「恨むんなら、てめーの考えなしな彼氏を恨めよ」

日夏をボコるのはもはや決定事項なのか、目を血走らせた丹澤がよりいっそう迫ってきた。

合わせた瞳がほんのりと明るくなる。たとえ能力戦を仕掛けられたとしても、むざむざと負ける気はない。だが一抹の不安はあった。このところだいぶ調子が上向いてはきたものの、絶好調にはまだ遠い。その不安が顔に出ていたのか、丹澤がニヤリと口の端で笑う。

（こいつ……）

一触即発の空気が流れた。そこに水を差したのは――横合いからの澄んだ発声だった。

「教えてくれる？　君はいつから、そんな権限を持ったの」

扉口に目を向けると、腕組みをした千柄がそこに立っていた。傍らには山下の姿がある。いつの間にか消えたと思っていたら、雲行きが怪しいのをみて千柄を呼びにいってくれたらしい。

「彼に関しては僕に一任されたと思ってたけど、もしかして勘違いだったかな」

冷めきった声音に、取り巻きの一人がびくっと肩を揺らした。

「それに彼がもし妊娠していて、君のせいで流産なんかしたら——ねえ、どうなると思う？」

淡々と続く言葉に、室内の空気が少しずつ温度を下げていくような錯覚に捕われる。

「彼は確かにハイブリッドだ。それもヒトの血、君らが下に見たがる気持ちもわかるよ。でも、もう半分の血はどうだろう」

まさか考えなかったわけじゃないよね、と千柄が淡々と丹澤に向けて問いかける。

「『椎名』の怒りを買うのが、『吉嶺』の本意だとでも？」

日夏の方に伸びかけていた手が、ゆっくりと引いていった。

「血筋に忠実なのはけっこうだけどね、君の独断については本家に報告させてもらうよ」

止めなかった君らについても同罪だから、と千柄がふいに表情を綻ばせた。その笑みはどこまでも穏やかでいつもどおりで、それだけに容赦がなかった。分家の者などいくら切り捨てようと痛くもないと、その微笑みが物語っている。

「謝罪も懺悔《ざんげ》も受けつけない。君らにできるのはここを出ていくことだけだ」

千柄が優雅な仕草で外を示してみせる。取り巻き連中が青い顔をする中、なぜか丹澤だけは一人冷めた顔をしていた。さきほどまでの態度が演技だったかのように、日夏と目が合っても反応を示すことなく、ほか数人を従えるとさっさと執務室を出ていった。

（何だ、あいつ……？）

その挙動に気を取られていると、目前まで歩みよってきた千柄が深々と頭を下げてきた。

「嫌な思いをさせて申し訳なかった。一族を代表して謝るよ」

その場で膝まで折ろうとする千柄に、日夏は「ちょっ、待てって……！」と慌ててソファーから立ち上がった。確かに絡んできたのは向こうだが、うっかり応戦したこちらにも充分落ち度はある。自分がケンカ腰で受けなければ、きっとあそこまではエスカレートしなかっただろう。

「いまのは俺も悪かったし、けっきょく何もされてねーから……っ」

平身低頭のまま動こうとしない千柄の肩を叩くと、数秒してようやくその顔が上がった。

「────……」

何かに軽く驚いたように、それからそれを確かめるように──。日夏をまじまじと見つめてくる萌黄色の瞳を、ついこちらも真正面から見返してしまう。

「何だよ……？」

いったい何をそんなに熱心に見ていたのか、ややして千柄がふっと口元を緩めた。

「いや。──君はきっと、いつもそうなんだろうね」

「そう、って？」

意味がつかめず反問するも、千柄は笑うだけで答えてはくれなかった。

（……これが血の為《な》せるワザってやつか）

一尉もたまにこういうところがあるが、粧子といい千柄といい、会話を迷宮入りさせることにかけては定評のある吉嶺の血である。こういった場合、どれだけ重ねて訊ねたとしても答えはもらえないことは一尉でよく知っている。思い悩むだけ無駄なのだ。

「あー……それより、なんか仕事振ってくれよ」

退屈で死にそうだとつけ加えると、千柄がしきり直すように両手を打ち合わせた。

「――じゃあ、一緒に探し物をしてくれるかな」

続き間の隅に積んである段ボール箱から、目あての名簿を探すのを手伝って欲しいと言われて日夏は足早に移動した。自身の役目は済ませたとばかり、ソファーに横になる山下を尻目に――。

「ああ。よければひとつだけ、君の質問に答えるよ」

名簿探しをはじめて数分で、千柄が思いがけずそんな申し出をしてくれた。迷惑をかけたお詫《わ》び代わりに、ということらしい。ただしチャンスは一度きりということなので、はたしてどれを訊いたものか、質問の選別に無言で没頭していると逆に千柄の方から訊ねられた。

「君は一尉の、どこが好きなの」

千柄以外からも何度か受けたことのある質問だが、ストレートに答えるのが恥ずかしくて日夏はふいっと顔を逸らしてから、逡巡《しゅんじゅん》ののち素直に胸のうちを言葉にした。

「……いちおう、全部だけど」

一尉とはケンカ中という設定ではあるが、ここで嘘を言うのはルール違反な気がした。

熱烈だね、と返されて頬が熱くなる。ますます千柄の方を見られなくなって、手元に視線を落としながら作業だけに集中しようとする。

「一尉の方も、すっかり君に夢中みたいだね」

「あー……まあ、確かに？」

話題を冗談めかすことでようやく顔を向けると、そこにはいつになく真剣な顔をした千柄がいた。

「――昔からね、僕の憧れだったんだよ。彼は」

「憧れ？」

目を細めながら小さく頷いた千柄が、ふっと眼差しに翳《かげ》りを入れる。

「周りのどんな目にも、言葉にも屈しなかった。彼が覚醒する前の話、聞いたことある？」

「……少しなら」

能力が覚醒した八歳まで、一尉は両家の間でたらい回しにされていたと聞いている。その様を、千柄はリアルタイムで見てきたのだろう。粧子の件があったからか、佐倉よりも吉嶺の方が一尉に対する風あたりが強かったとも聞いた。

「相手は子供なのに、えげつない様相だったよ。でも一尉はまったく気にしてるふうはなかった。能力に目覚めた彼に全員が掌を返したときも、一尉はまるで変わらなかった。――少なくとも僕にはそう見えたんだ。ただ涼しい顔をしてるだけでね。その潔さと、強さに憧れたよ」

千柄が遠くを見るようにぼかしていた焦点を、ふいに日夏の上でゆっくりと結んだ。

「母さんが僕をライバルに仕立てたときは、正直嬉しかった。一尉に張り合えるだけの能力や資質が自分に具《そな》わっていたことが誇らしかったよ。一尉と肩を並べられるよう張りきったし、努力も尽くした。——あいつには、そのすべてを叩きのめされたけどね」

「でも……」

アカデミーは望んで赴ける場所ではない。そこから誘いがきたのなら、千柄の才能は本物だ。誰かと比較して語れるものではない。拙いながらも言葉を選んでそう伝えると、淡く微笑んでいた千柄からすっと表情が抜け落ちていった。

「そんなのどうでもいいんだよ。どれだけ頑張ったところで、けっきょく注目されるのはいつだってあいつの方。どんなに努力しても、僕はいつも一歩及ばないんだ。これだってそうさ」

そう言って、千柄がシャツの胸元に留まった金色の徽章を指し示す。たった一文字のデコラティヴなアルファベットは、学院の誰しもが胸に留めている物だ。

チェスの駒《こま》になぞらえられたそれは、上から「K〈キング〉」または「Q〈クイーン〉」、「R〈ルーク〉」「B〈ビショップ〉」「N〈ナイト〉」「P〈ポーン〉」と続く。生徒はこの能力別階級制度に従い、いずれかにランク分けされるのだ。千柄の胸元を飾るのは、優美なラインを描く「R」だった。一尉の胸元には、初等科の途中に得たという「K」がいまも変わらず留められている。これこそが埋まらない差だよ、と千柄が視線を俯けた。

「………」

千柄の胸のうちに巣食っている苦悩の一端を垣間見た気がした。かけられる言葉が思いつかなくて黙っていると、目を上げた千柄が痛々しい自嘲《じちょう》で口元を歪《ゆが》めた。

「もしかして、同情してくれてる？」

咄嗟に首を振るも、顔に出てしまった自覚があった。自分のバカ正直さが恨めしい。千柄の表情がより思い詰めたものになった。

「僕がアカデミーで足踏みしてる間に、一尉は君みたいなパートナーまで手に入れてたんだ。初めは家柄に惹かれたんだと思ってたよ。でもそうじゃないって、君に会ってわかった」

凪《な》いだ海のように、穏やかないつもの「笑み」を千柄が浮かべる。

「あ……」

ゆっくりと近づいてくる千柄に気圧されて、日夏はそろそろと後ろに下がった。

後退するたびに、出口が少しずつ遠ざかっていく。それを計算したうえで距離を詰めてくる千柄に逃げ道を断たれて、日夏は気がついたら壁を背に追い詰められていた。

「僕が君に手を出したら、あいつどんな顔すると思う」

「…………っ」

トンっと顔の左右に両手をつかれて、逃げ場を失う。

自分を見る千柄の眼差しに、欲情の兆しはなかった。そこにあるのは一尉を出し抜きたいという、暗い愉悦だけだ。

（そんな道具にされてたまるかよ……っ）

揺るぎない意志を瞳に乗せて睨みつけると、千柄がますます楽しげに微笑んでみせた。

「能力を使おうとしてる？　でも言っとくけど、無駄だよ」

「え」

「風紀のこれって便利だよね、本当」

千柄が素早い動きで、日夏の手首に何かを巻いてきた。

通称『手錠《ハンドカフ》』――嵌められた者の能力を一時的に制限できる、風紀委員が校則違反者に対して使用するペナルティタグだ。風紀の手によってしか嵌めることも外すこともできないそれを、どうして千柄が扱えるのか。それにも増して、問題なのは――。

（よりによってコレかよ）

手錠にはいくつかの種類があり、中でもいちばん罰則として重いのが日夏の手首に巻かれたこの赤いタグだった。巻かれている間、能力のすべてを制限されるのだ。自身の能力が使えれば、こんな状況一秒で打破できるというのに……。

だからといって、このままいいように使われる気はない。抵抗の限りを尽くす気でさらに瞳を眇めると、しごく愉快そうに目を合わせていた千柄が――ふいに横を向いた。

「――……」

続いて俯くなり、口元を片手で覆い隠す。

「……？」

よく見ると小刻みに肩が震えていて、どうやら笑いを嚙み殺しているらしいと気づく。

「おまえっ」

「ごめん、我慢、しきれなくて……っ」

限界を超えたようにその場で蹲《うずくま》ると、千柄が思いきり笑い声を上げはじめる。

どうやら、最初から揶揄われていたようだ。退屈しのぎのつもりだろうか。玩具《おもちゃ》にされていたことに憤慨していると、千柄が息も絶え絶えにまた謝ってくる。

「せめて笑いが収まってからにしろっ」

そう叱り飛ばすと、またもツボに入ったように笑いはじめる。

（こいつ、笑い上戸かよ……）

一度スイッチが入ると、自分でも止められなくなってしまうらしい。ひとしきり笑い終えた千柄がペナルティタグを外してくれたときには、日夏はすっかり白けた気分になっていた。

「俺で遊ぶんじゃねーよ、ったく」

「ホントごめん、君の反応が楽しくてついね」

この分だとさきほどの打ち明け話も、どこまで本当だったのか怪しいものだ。ダメ元で訊ねてみるも、案の上「さあ、どうだろう」と笑顔で煙に巻かれてしまう。

（吉嶺の血、ホントどうかと思う——）

心の底からそう思いながら、日夏はいまだ笑いの余韻を引きずっている千柄を放って、作業に復帰した。千柄の本質がはたして「善」なのか、「悪」なのか。この数日でどんどんわからなくなってきた気がする。いいやつかと思えばさらりと掌を返されて、悪いやつかと思えば肩透かしを食らう。思えば、そんなことのくり返しだった。このつかみどころのなさは、どうにも得体が知れない。

それでも少なくとも、日夏をどうこうする気はないのだろう。

「さっきの……俺に関してはおまえに一任されてるって、あれ、どーいうことだよ」

「ああ、あれは言葉どおり。分家の者たちは君を使って一尉に脅しをかけたかったみたいだけど、そんなのは腰抜けのやることだ。そんな手に頼るほど自分が間抜けだと、喧伝《けんでん》する気もないしね。だから僕がストップをかけてた」

「そんなことしなくても勝つ自信があるって？」

「勝ち負けはこの際どうでもいいんだけどね。フェアじゃないのが嫌いなんだよ」

「……おまえ、自分が一尉に劣ってるとかまったく思ってないだろ」

「事実、劣ってないからね」

さも当然のように、千柄が真顔で頷いてみせる。これもどこまで本気で言っているやら。会話するだけ無駄な気がして、日夏は溜め息をつきながら新しい段ボール箱に手をつけた。

作業の手を止めて何やら携帯を操作していた千柄が、用が済むなり日夏の作業を手伝いはじめる。

「階級も、次の昇級試験でキングになる予定だし。一尉と張り合ったおかげで、将来安泰だよ」

「あーそうかよ。でも家を継ぐのは妹なんだろ？」

「百世は優秀だからね。立派な宗家の器だって、いまから断言できる」

そう言いきった千柄が、ごく自然な微笑みを浮かべる。

（おお……？）

初めて見るくらい素直なその表情に、日夏は知らず目を奪われていた。

いまのが内なる感情をストレートに表したものだと考えると、普段の微笑みはやはり意識して浮かべているものなのだろう。要するにあの顔で笑っているときは、常に要注意ということだ。

「ところで、君の質問にはもう答えたってことでいいかな？」

「え、あ」

くだらない茶番のせいですっかり忘れていたが、自分には千柄の核心に迫る権利があったのだ。

「待った！」

「あと三秒以内ね」

無情なカウントダウンで締め切った千柄が、「はい終了」と微笑んでみせる。あの顔である。

「おまえ、俺で遊ぶの楽しんでるだろ？」

さも心外そうに「そんなことないよ」と否定されても、信じられるわけがない。

（まあ、でも——）

妹に対するさっきの言葉は本音だろう。それが聞けただけでも、大きな収穫と言えた。

「あ、きたかな」

千柄の呟《つぶや》きに被さるように、執務室の扉を開閉する音が壁越しに聞こえてきた。すぐに続き間の扉までが乱暴に開かれる。驚いて目を向けると、肩で息をする万結がずかずかと踏み入ってきた。

一気に日夏の前まで歩いてくると、「悪かった」と頭を下げる。

「あいつらをコントロールできなかったのは、俺の責任だ」

分家筋がやらかした暴挙についてだろう。もう一度「すまなかった」と真摯な声で告げてから、ゆっくりと顔を上げた万結が眉間に深いしわをよせる。

「怪我《けが》はないか」

「あ、べつに、怪我とかはぜんぜん……」

咄嗟のことで敬語も忘れて顔の前でぶんぶんと手を振ると、万結が小さく息をついて肩を下げた。

それからすぐに踵を返す。

「どこいくの、兄さん」

「……決まってるだろ。あいつのとこだよ」

苦々しい顔でそう告げた万結が、入ってきたときと同じ勢いでまた部屋を出ていく。執務室の扉がバタンッと閉まる音が、振動となってこの部屋にも響いてきた。

「——何だ、いまの」

思わずそう零してから千柄に目をやると、兄の所業に苦笑する弟の姿があった。

「悪いと思ったから、君に謝りにきたんだよ。兄さんはそういうところ、素直だから」

素直、と思わず鸚鵡返《おうむがえ》しにしてから、さきほどの万結の様子を脳内で思い返す。

ひどく不本意そうな顔をしていたが、それは日夏に対してではなくシンパたちに対してだろう。万結が素直というのは、確かに頷けるところだ、あの目はシンパたちに対して憤っていた。日夏に頭を下げることに対しての逡巡は欠片も見あたらなかった。

「本当は優しい人なんだよ、兄さんは。屈折してるから、わかりづらいけどね」

それが問題なんだろと言いたいところだが、千柄の表情がどこか痛ましく見えて日夏は口を噤んだ。

「あれでもけっこう苦労してるんだ、兄さん」

母親に顧みられなかった長男の不遇を、千柄がぽつぽつと語りはじめる。

生まれたときに男だというだけでまずは失望されて、たいした能力を持っていなかったことから周囲の者にまで軽んじられ、まるでいない者のように扱われた。能力を発動してもいないのに、そのせいかのように存在を無視されて、除《の》け者のような扱いをされた。

「次男の僕が産まれてからは、常に比較されるようになった。千柄の方が優秀だねって。顔立ちも兄さんだけは父方似だったから、いつも疎外感を感じてたんじゃないかな」

資質も覚醒した能力も千柄の方が上で、そのうち比較すらされなくなった。跡取りにはなれない身の上はどちらも変わらないのに、それ以外は何もかもが違った。

「そんなだったから、僕のこと恨んでたんじゃないかな。きっと、心のどこかでは」

でも万結はそんな素振りはけっして見せなかったのだという。弟のことも、妹のことも平等に可愛がった。甲斐甲斐しく世話を焼いて慈しんだ。

「……いいやつじゃん」

「でしょ？」

日夏の言葉に、千柄が嬉しそうに眦を細めた。妹のことを語ったときのように。

「まあ、性格がひねちゃったから誤解されやすいんだけど……兄さんは基本的に善人だよ」

まるでこちらの疑いを知っているように、千柄がそう念を押してくる。

「兄さんは最初、一尉に自分の姿を重ねてたんじゃないかと思う。彼にも優しくしようとしてたよ。でも、一尉はそれを受け入れなかった。自分は同類じゃないって否定するみたいに――。そのうち能力が覚醒して、そのとおりになった」

差し伸べた手を振り払われて、踏みにじられた。そう感じたとしたら――。万結の一尉に対するあたりがやたらと強いのは、そういう背景もあるのかもしれない。

「兄さんは確かに、天邪鬼《あまのじゃく》で口が悪くて、思春期の傲慢さと鬱屈を消化できないまま大人になっちゃったみたいな人だよ」

「言うね」

「事実だからね。そういうところは擁護しないけど、でも」

悪い人じゃないんだ、と千柄が眩しいものを見るように目を細めてみせた。

（まあ、確かに）

さきほどのやり取りを聞いた限り、万結はあのまま一尉のところにも頭を下げにいったのだろう。仁義のためならわだかまりも捨てられる、そういう潔さには好感が持てる。一尉がどう応対するかはわからないが、悪いことにはならないだろう。——そう思っていた。

携帯が鳴る。失礼、と断りを入れてから通話に応じた千柄が部屋の隅へと歩を向ける。

「——そう、わかった」

一分にも満たない会話を終えた千柄が、ふいに難しい顔でこちらを振り返った。

その表情から、何かよからぬことが起きた気配だけは察する。

「……何だよ」

「兄さんたちと一尉が揉めてるらしい。それもかなり——」

「あ、おいっ」

言いかけたまま続き間を出ていった背中を、日夏は反射的に追いかけていた。

4

先を走る千柄を追いかけて現場らしい中庭に到着すると、放課後にもかかわらずそこはかなりの生徒で溢《あふ》れていた。人垣の視線を追うと、広場の中心にある小さな噴水の手前で、一尉と万結が対峙《たいじ》しているのが見えた。

一尉の背後には風紀委員たちが顔を揃えていて、対する万結の背後にもシンパを中心とした自警団が数人控えている。一尉と万結が何やら言葉を交わしているが、距離がありすぎてその中身まではわからない。二人の会話に、シンパの誰かが割って入る。それを万結が制すも、シンパは黙らない。そのうちほかのシンパたちまでが口々に何か言いはじめる。どうやら一尉に対する侮辱のようだ。

それを聞く一尉の表情が、より鋭く、冴《さ》えたものになる。

「いいから、おまえたちは黙れっ」

一喝することでようやくシンパたちを黙らせると、万結が一尉に向かって頭を下げる。通路を埋める野次馬を掻き分けながら近づいていくと、万結の声が聞こえてきた。

「本当に悪かった」

真摯に頭を下げた万結の謝罪に対して、一尉が冷めた顔のまま首を傾げてみせる。

「こんな状況で謝られても、デモンストレーションにしか見えませんよ」

いつもの一尉らしくない、尖った言葉だ。万結の誠意を受け取れないほどに、頭に血が上っているのかもしれない、と思う。日夏が絡むと、一尉はこんなふうに暴走しがちだから。

慌てて一尉の背後を確認するも、暴挙を止められるような人材は見あたらなかった。八重樫や古閑たちはいったいどこへいったというのか。

野次馬の壁が厚くてなかなか近づけずにいると、万結がさっきよりも深く頭を下げた。

「そんなつもりはない。心から悪かったと思ってる。それだけは信じて欲しい」

だが万結の謝罪を、一尉は頑ななまでに受け入れようとしなかった。

「信じられるほどの人望が、あなたにあるとお思いですか？　ご自身の振る舞いを思い返してみてください」

冷たく返された万結が表情を強張《こわば》らせる。

「……だったら、いくらでも殴ればいい」

「あなたには殴る価値もない。――でも、そうだな。せっかくだから、見世物になってもらえますか。そこに這《は》いつくばって、さっきと同じ言葉を聞かせてください。俺がいいと言うまで」

一尉が舗道の脇の地面を指して、うっすらと笑ってみせる。

（な……っ）

さすがにそれはないと思った。

「いち……ッ」

思わず名前を呼んで駆けよろうとした日夏を、人波の隙間から出てきた誰かがふいに後ろから羽交い絞めにしてきた。そのうえ口まで塞いで、囲いの外までずるずると連行していく。

「――……っ」

最初は驚いたものの、気配で誰だか気づいて大人しくついていくと、古閑が「一尉から伝言。これも作戦のうち、だってさ」と潜めた声で告げてくる。

「まじかよ?」

「らしーぜ。だから大人しく見てろよ」

促されて輪の中心を見ると、日夏と同時に駆け出していた千柄が、人垣を抜けてちょうど広場に到達したところだった。ふらふらと膝を折ろうとしていた万結を立ち上がらせて、背後に庇《かば》う。

「さすがにいまのは看過できないよ。本家に対する侮辱と捉えてもいい」

一尉と同じくらい冴えたオーラを背負った千柄が、薄笑いを浮かべたままの一尉と対峙する。

野次馬たちが固唾《かたず》を呑む中、一尉がわざとらしく溜め息をついた。

「本家がどうのなんて、俺には関係ないよ。身重かもしれない大事な婚約者を危険に晒《さら》されて、ごめんで済むとか本気で思ってる?」

「その婚約者とケンカして、自警団に預けっ放しだったのは君だろ?」

自分は棚上げなのかと問われて、「そこはプライベートだし、それとこれとは関係ない」と一尉が不愉快そうに両目を眇める。

「――忠告するよ一尉。君は少し落ち着いた方がいい。じゃないと、後悔することになるよ」

「後悔？　たとえばどんなふうに」

そう訊ね返した一尉に、千柄がふっと笑ってみせた。

「君にとっての婚約者がそうであるように、僕にとっても兄さんは大事な家族だ。こんなふうに扱われて、僕が黙ってられると思う？」

千柄の言い分に、一尉が憐れみを示すように微笑みながらゆっくりと首を振った。

「昔から、ずっと不思議だったんだ。役立たずで、中途半端で、嫌味を言うしか能のない長男に、どうして君はいつも肩入れするんだろうって」

「それが家族だからだよ」

「へえ――そう。そんな不出来な家族、俺にはいなくてよかったって心から思うよ」

一尉の一言に、辺りが一斉に息を呑む気配がした。

「それが君の答えなら、受けて立つよ」

「どうする気？」

「決着は後日――『バトル』でつけよう」

千柄の申し出に、今度は一気に野次馬がざわめく。古閑が成果を得たように、小さく口笛を吹いた。

そこでようやく、一尉の狙いを悟る。Xデーを絞るために、何かイベントを起こしたいという話は以前から聞いていた。学院内で騒ぎを起こせば窃盗団はその混乱に乗じてくるだろうから、と。

ただ、どんな騒ぎを起こすかは検討中だったというので、この茶番劇には古閑も驚いたと言う。

「ほとんど、一尉のスタンドプレイだよ」

どこから情報を得たのか、万結が謝罪にくることを一尉はあらかじめ知っていたらしい。中庭でそれを待ち受けたうえで小競り合いに発展させ、後日のバトルに持ち込む。万結が現れる数分前に、いきなりそう説明されたのだという。駆けつけてくるだろう日夏への伝言も併せて。

「にしても、派手にぶち上げたもんだなぁ」

「派手っつーか、これ、完全に千柄を敵に回したっつーことだよな？」

「え？　あー……だな」

妙な間が開いてからの同意を訝しんでいると、茶番を終えた一尉が人波を掻き分けて近づいてきた。ケンカ中という設定はお役御免になったのか、目の前にくるなり抱きしめられる。

「怪我はなかった？　平気……？」

分家筋の暴挙について訊いているのだろう。吐息の震えが首筋に触れた。

「平気だって。あいつが取りなしてくれたし」

千柄がきてくれたことを話すと、一尉がすっと腕を外して中庭の隅に目を向ける。万結により添うようにして、本校舎に入っていく千柄の姿がそこにあった。一度だけ振り返った千柄が、一尉の方を見る。すぐに目を逸らすと、千柄はシンパを率いながら引き上げていった。

「……さすがに胸が痛むな」

そう零した一尉が、日夏の肩にトンと額を載せてくる。

目的のためとはいえ万結の謝罪を撥《は》ねつけ、千柄を怒らせるのは一尉も堪えたようだ。

「すげー悪役っぷりだったな」

「我ながら、そう思う」

消え入りそうな声でそう言ってから、溜め息をつく。吐息で肩口がほんのりと温かくなった。

「でも、結果としてはこれがベストだよ」

吉嶺兄弟の恨みを買うのは不本意ではあるが、これほど派手にバトルを立ち上げれば窃盗団が乗ってくる可能性は高いと一尉は言う。そしてもし本当に兄弟が犯罪集団に通じているのならば、一尉に吠《ほ》え面をかかせるためにその可能性はよりいっそう高まるだろうとも。アカデミーの肝いりでセキュリティチームまで結成しておいて、むざむざ犯行を許したらとんだお笑い種《ぐさ》だ。

「もう少し、こうしててもいい……？」

まだ顔を上げられるほどには回復していないのか、一尉が額の位置を変えながら目を閉じる。丸くなった背に両手を回すと、日夏はシャツ越しにその背中を撫でた。

「あの兄貴さ、俺のところにも謝りにきたんだぜ」

「うん、聞いたよ」

「千柄にもちょっと昔話とか聞いたけど、なんかいいやつなのかもって、思った」

「……日夏にかかると善人しかいなくなっちゃうよ」

「そんなことねーって」

怪しいやつならいたと、丹澤のことをいちおう報告しておく。挙動が少し不審だっただけで、日夏の考えすぎかもしれないが、胸に引っかかったのは確かだ。

「そう――わかった。気に留めておく」

続けて、千柄に壁ドンされたことも言おうかと思ったのだが、状況がややこしくなりそうなのでひとまずは黙っておくことにした。

「ありがと。おかげで少し、回復したよ」

「少しかよ」

一尉がようやく顔を上げたところで、気を遣ってか姿を消していた古閑が戻ってくる。

「充電終わったか？　ほんじゃさっそく、作戦会議といこうぜ」


それからの二日間で、バトルに対しての状況は整った。

アカデミー帰りの二人の争い事に学院側は難色を示したらしいが、以前からの対立図があることも考慮したうえで「スポーツマンシップに則《のっと》って爽やかに決着をつける」という条件下の勝負なら見逃してもいいと限定的な許可が出たのだ。種目はアカデミーでの必修授業でもあった「フェンシング」での三本勝負。一尉と千柄、両者の合意を得て、日時も次の土曜日に決まった。

中庭での一件で自警団との連携は自動的に解除となり、日夏たちはセキュリティチームに舞い戻った。一尉とのケンカも終わったことになったので、久しぶりに我が家に戻れたのが、何より日夏をほっとさせた。隼人の家に不足はなかったが、やはり人様のテリトリーは落ち着かない。

「あー、今日も腹減った……」

自宅に帰れた安堵からか、ここ数日で急に空腹感も覚えるようになって、気がつけば食べられそうな物の範囲もかなり広がっていた。まだ本調子ではないものの、だいぶ平常時に戻ってきたようだ。それが何を意味するのかはわからないが、体調が回復してきているのは単純に嬉しかった。

食欲不振の間に痩《や》せたんじゃないかと心配する一尉に、「んなことねーって」と返しはしたが、体重は少し落ちていたので早いところそっちも戻さなきゃなと思う。

「そういえば日夏に、栄養補給の裏技を伝授したとかって母さんが言ってたけど」

「——……ッ」

すっかり忘れていた地雷を夕食後になって掘り返されて、日夏はまたも全力で話を逸らすはめになった。フェンシングについて質問攻めにすると、訝しげにしながらも一尉がアカデミーでの授業についで話してくれる。必修科目ということは日夏の幼馴染みであり、いまはアカデミーにいる鴻上祐一《こうかみゆういち》も嗜《たしな》んでいるということだろうか。一尉にしろ、祐一にしろ、競技している姿は様になりそうで、バトルの日が楽しみだと言うと、一尉が難色を示すように眉をよせた。

「言っとくけど、勝負では負けるつもりだよ」

「えっ、なんで」

「そうしないと、千柄の気持ちが収まらないだろうからね」

「あー……」

万結に暴言を吐いた懺悔として、接戦には見せるが最後には敗北を喫するシナリオを予定しているのだと聞かされて、日夏は「そっか……まあ、そうだよな」と自分を納得させる意味合いも含めて呟いた。腕はほぼ互角だというので、本気で勝負したらどちらが勝つのか、見てみたかった気持ちはあるが今回は仕方ない。

「それにメインは、窃盗団を捕まえることだよ」

バトルの詳細に関しては八重樫があっという間に広めたので、いまでは校内の話題を独占していると言ってもいいくらいの注目度だ。当日はもちろん、その前後も含めて警戒態勢に入る話は聞いている。日夏も自身の役割を全《まっと》うする気で、バトル当日をことのほか楽しみにしていた。

「そういえば、曜子《ようこ》も出るって？」

「双子対決も注目されてるね」

あまり決闘色が強くならないよう、ほかにもいくつか試合が組まれることになったので、体裁としてはすっかりフェンシングの大会だ。参加を表明した各務家の双子はどちらもフェンシングを習っていたらしく、隼人の姉である曜子の腕前はかなりのものらしい。ほかにも何組かエントリーしているので、試合は午前と午後に振り分けられることになった。一尉たちの試合は、もちろん大トリだ。観覧は自由だが現役のグロリア生のみに限定したので、いちおう部外者は入れない前提になっている。

大会の運営はおもに風紀委員会が務め、その手足として自警団とセキュリティチームからそれぞれ有志が参加することになった。もちろん、大トリの試合に関してどちらかの陣営が不正を働くことのないよう、風紀の目が常に光っている状況下でだ。

——ちなみに、これはついさきほど知ったばかりなのだが、千柄はアカデミー以前に風紀として名を連ねていたらしい。戻ってきたいまも籍は風紀委員会にあるとのことで、ペナルティタグを扱えたことも道理というわけだ。

現役の風紀である一尉と、元風紀でありいまだ所属を外れていない千柄——風紀委員会はそのどちらにも肩入れすることなく、公正に仕切ることを学院側に宣誓している。

(ちょっとしたお祭り騒ぎだな)

学院公認、風紀主催という異色のバトルだ。当日は派手に盛り上がるだろう。

事実、八重樫が裏で開催している大会関係のトトカルチョもだいぶ賑わっているらしい。聞いたところ、一尉と千柄のオッズは拮抗《きっこう》しているとか。賭《か》けるなら千柄にだよ、と一尉には言われたが、彼氏の負けに張り込むなんて面白くもない。もし本当に賭けるなら、一尉に注《つ》ぎ込もうと思っている日夏だ。たとえ負けが決まっていたとしても、それがフィアンセの心意気だろう。

「お?」

ソファーに寝転がっていると、ローテーブルの上で携帯が着信を告げた。

山下もメールだと漢字が使えるらしいが、よりによってという誤変換をしてくるのははたして素なのか、それとも狙っているのか。その内容を一尉に伝えてから、日夏は山下への返信を打ち込みはじめた。連絡役を解除された途端、学校にこなくなったのでこの数日の調子を訊ねるメールを送る。

「ん……？」

ふいに視界が暗くなって目を上げると、いつの間にか一尉が傍らに立っていた。背もたれに手をかけながら、こちらをじっと覗き込んでいる。

「覚えてる、日夏」

「何を」

「隼人の家で、初日に言ったこと」

「へ？」

急にそんなことを言われて、何のことか一瞬考えるも――。

「……あっ」

すぐに思いあたって、日夏はがばりと身を起こした。

隼人と家をトレードした際に一尉とした約束、あれのことを言っているのだろう。

「人様の家でいかがわしいことはしたくないって、言ったよね」

すっと手を取られて、口元に持っていかれた。指先に、一尉の唇が触れてくる。

「あれってもう、解禁ってことでいいかな」

了承を得る態を取ってはいるが、もはや確定事項なのは一尉の目を見れば明らかだった。

欲情に濡れた瞳が、じっとこちらを見つめている。――妊娠疑惑の発覚以来、一尉との触れ合いには制限がつくようになった。日夏の体に負担をかけたくないからと、それを言い出したのは一尉の方だが、この熱に浮かされたような表情を見る限り、かなり限界にきているのだろう。

「おまえ、もしかして……」

一尉の唇がやけに熱くて、ある可能性に思いあたる。

「ヒート、きてる？」

「……まだきてはいないけど、前兆は出てる」

そんな状態にもかかわらず、代官山に帰ってきてから今日までの二日間は、日夏の体調を慮り耐えてくれていたらしい。困ったように、瞳を弱らせながら首を傾げた一尉がラグマットに膝をつく。指先に触れていただけの唇がうっすらと開いて、中からもっと熱い舌が触れてきた。

「…………っ」

ねろりと舌を絡められて、思わず身が竦んでしまう。

「少しだけでいいから」

ほとんど吐息みたいな声で囁かれて、今度は日夏が弱る番だった。

「でも……」

「口でシてなんて無理は言わないよ。日夏にはまだハードル高いでしょう？」

自分がされるのも死ぬほど恥ずかしいが、それを一尉に対してやるのはもっと無理だった。口に入れることに対しての抵抗もあるし、その様を一尉に見られるのなんて恥ずかしすぎて死ぬ。

「大丈夫。中にも入れないから」

「じゃあ、手……？」

それ以外の選択肢としてそう訊いた日夏に、一尉が緩く頭を振ってみせる。

「それも嬉しいけど、今日はこうしよう」

耳打ちされて、そうか、そういう可能性もあったのかと目から鱗《うろこ》が落ちた気分だった。

「じゃあ、それで……」

頷くと、もはやのっぴきならない状態にあるのか、一尉がこの場で日夏を脱がせにかかる。それだけ前兆がきついのだろう。戸惑いながらも文句は言わなかった日夏を、半裸になった一尉がラグに横たわらせる。開いた脚の間に膝をついた一尉が、日夏の膝裏を閉じ合わせるなりまとめてすくい上げてきた。後転の途中のような中途半端な姿勢になる。

「わっ」

腰が浮いて慌ててラグの毛足をつかんだところで、性急に屹立を差し入れられる。

（あ、熱い……）

もう何度となく一尉を受け入れてきた窄まりにではなく、きつく閉じさせられた太腿《ふともも》の隙間に――。すぐにぬるっとこすれる感触がして、一尉が本当に切羽詰まっていたことを知る。

衝動に煽られながらも、日夏を気遣うように一尉がゆっくりと腰を前後させる。先走りが濡れた音を立てるたびに、自身の脚の隙間から生々しい肉が姿を現す。

（すごい……溢れてる……）

些細な刺激のはずなのに、先端の切れ目からとぷっと透明な粘液が溢れ出した。律動で広がったそれがさらにいやらしい音を立てはじめる。意識して脚をきつく閉じると、一尉が熱く息を吐いた。増した締めつけを喜ぶように、さっきよりも膨《ふく》らんだ先端がさらに粘液を吐き出す。

血管の凹凸《おうとつ》を内腿に感じながら、日夏はよりきつく隙間を狭めた。

（いま、びくびくってした）

一尉のストロークが次第に速くなってくる。いまにも膝が顔に触れそうなくらい折り曲げられて、濡れた肉が前後する様がより目前になった。いまどれだけの快感を享受しているか示すように、一尉の屹立は限界まで育っていた。泡立った粘液をまといながら、全体がてらてらと光っている。

サイズも長さもある立派なそれを、こんなになるまで責め立てているのが自身の太腿なのが何だか不思議だった。いつもはこちらが責められるばかりで、最中に余裕なんてないのに。

（なんか……めっちゃエロイかも……）

一尉の衝動に煽られるようにして、日夏もふつふつと湧き上がってくる欲情を感じた。最後が近いのは、息遣いと屹立の脈動でわかる。ふと思いついて伸べた掌を、隙間から顔を出した先端を可愛がるように宛がう。火傷《やけど》しそうな熱さがぬるぬるとこすりつけられた。

「……っ、ぅ……ッ」

その刺激を求めるように何度も奥まで突き込まれて、さらに悪戯《いたずら》心が湧く。先端が掌をこするのに合わせて上下に動かすと、途端に一尉の息が乱れた。あっという間に掌が粘液塗《まみ》れになる。

自分がされたときのように、少し強めにこするとそれがよかったのか、一尉の動きがさらに激しくなった。がくがくと前後に揺すられて、日夏の体もその影響を受ける。

そのせいで、少しだけ目測を誤ったのだ。

(あ――)

角度の変わった屹立が日夏の指先に触れ、先端がわずかに爪を引っかけた。

「――……っ」

熱い飛沫《しぶき》が胸に迸《ほとばし》る。顔にまで飛んできたそれは、なかなかの量だった。ようやく放出が収まったところで、一尉がかすれ声で「ごめん……」と呟く。折り曲げていた日夏の脚を解放し、被害を確かめるように覗き込んできた一尉が――。

「……日夏」

白濁に塗れた日夏にあてられたかのように、藍色の瞳をわずかに眇めた。

何か言葉を返そうとして、唇の端に飛んでいた白濁がとろりと中に入り込んでくる。

(う……)

吐き気が込み上げるかと身構えたが、幸いにもそうはならなかった。

その様子をじっと見ていた一尉が、小さく笑って眦を緩めた。

「キスしてもいい？」

訊ねておきながら、答えを待たずに覆い被さってきた唇が半開きだった日夏の唇を味わいはじめる。

頬にそっと触れてきた指の腹が、はたしてわざとなのか。

「んっ……ゥ、ふ……っ」

表面に飛んでいた白濁のぬるみを、口元にまで塗り広げてきた。

「ん、ンー……っ」

そのせいで少し苦くなったキスに顔を顰めるも、一尉の唇は外れない。しまいには唇の端から指までが入ってきて、日夏の舌にじかにそれを味わわせようとしてくる。

少量の苦みと生臭さが、じんわりと口内に広がっていった。それを大量の唾液に流されて、こくんと喉が鳴る。するとまた新たな粘液をまとった指先が入ってきて、日夏に精飲を促した。

「フ、む……っ、んン……っ」

わずかに首を振って嫌がるも、一尉はやめてくれない。何度も喉を鳴らして、ようやく一尉の唇が外れたときには、日夏はすっかり涙目になっていた。

「な……なん、で……っ」

すっかり上がった息で喘《あえ》ぐように問うと、一尉が艶《あで》やかに微笑んでみせた。

「母さんのアドバイス、これで実践できたんじゃない？」

「――……」

　あの日聞いた、粧子の声が脳裏に蘇《よみがえ》る。

『上の口でも下の口でも、生で出してもらいなさい。弱った体には何よりの栄養剤よ』

　どう考えても、タチの悪い出まかせだ。真に受けるなんてどうかしているし、実践する気なんて欠片もなかったのに――。一尉によって体感させられてしまったそれに、日夏は低く唸《うな》り声を上げた。

「……知ってたのかよ」

「わざわざメールもらってね」

　どうせだからチャレンジしてみたよ、と笑った一尉に日夏は力ないパンチを見舞った。それを受け止めた一尉が、逆に日夏の拳をぎゅっと握りしめてきた。

「じゃあ、俺もお返しをもらおうかな」

「へ？」

　力なく閉じていた脚を急に開かれて、一尉がその狭間《はざま》に顔をよせる。緩く勃《た》ち上がっていた屹立に息を吹きかけられて、濡れた先端がひやりとした。直後に、今度は熱い口内に含まれる。

「ンぁ……っ」

　日夏の弱いところなど、すべて知り尽くしている舌だ。ざらつきを押しつけるように過敏な粘膜をゆっくりと舐め回されて、反射的に逃げようと腰が動くも。

「――……っ、やっ」

逃がすまいと、一尉の手が日夏の脚をがっちりと絡め取ってきた。同時に、舌先で縦目をくじりながら、くちゅくちゅっと音を立てて熱い粘液を吸い出される。

「やめ、や……ッ」

あっという間に完全サイズになった日夏を、一尉はことさらゆっくり可愛がった。握った手でゆるゆるとこすっていたかと思えば、親指の腹でねちねちと裏筋を弄りながら、先端だけをそっと吸われる。もうイきたくて腰を振ると、宥めるように内腿にキスマークを残された。

「あとちょっとだから」

「も、ムリ……やだ……っ」

すっかりかすれた涙声の弱音に、一尉が慰めるように今度は先端にキスをしてきた。

「じゃあ最後だけ激しくするね——さっきのあれ、すごくよかったよ」

自身が先刻されていたことを再現するように、一尉が濡れた掌で先端を撫で回しはじめる。

「だめっ、あっ、イく………ッ」

弱いところをいきなり激しく責められて、日夏は一気に最後の階段を駆け上った。

掌のカバーが唇に変わったところで、熱い口内に奔流を放つ。

「ッ、ア……っ、ぁっ、あ……ッ」

出している最中だというのに射出を促すようにきつく吸われて、あまりの刺激に腰が抜けそうになった。射精が終わっても、中に残っている分までしつこく念入りに吸い出される。

ごくっと喉を鳴らすと、ようやく顔を上げた一尉がにっこりと微笑みかけてきた。

「たっぷり出たね、栄養剤。おかげで元気になれそう」

「この……バカ……っ」

乱れた息のまま罵った日夏に、一尉が悪びれたふうもなく「これ、定期的にもらおうかな。すごく効きそうだし」と首を傾げてみせる。

このところすっかりご無沙汰だったので、久しぶりの圧倒的快感はすっかり日夏の涙腺を崩壊させてしまった。だが、潤んだのは瞳ばかりでなく——刺激が呼び水になったように、体の奥深くがじわっと潤むのを感じて、日夏はそっと唇を嚙みしめた。

（……くそ）

さすがにこれ以上は体に障るから、と一尉はそこで切り上げてくれたのだが、オーラルだけでは物足りないと疼《うず》く箇所があることを自覚させられて、日夏は複雑な気分でシャワーを浴びた。疑惑が発覚してから一ヵ月近く開かれていないソコが寂しいだなんて、口が裂けても言えやしない。

「よう、嫁。新鮮なの、飲ませてもらってるか」

はたして様子見なのか野次馬なのか、翌日の夜になって再びふらりと顔を出した粧子に栄養剤の話をされたときも——実はかなり調子がよくなったことなど、日夏はぜったいに話さなかった。

髪色は先日と同じダークブラウンだが、瞳は気分転換したかったのか、赤みの強いアンバーだ。服装もほとんど変わらないのに、瞳の色が変わっただけで今日の粧子は妙に女性らしく見えた。

「今日はこれから、デートでね」

訊いてもいないのに、粧子がそんなことを教えてくれる。

「どうでもいい情報ありがとうございます」

心の底からそう思っていそうな顔で、一尉が粧子の斜向かいのソファーに腰を下ろす。今日はいちおう、向き合う気持ちがあるようだ。

「嫁の顔色、よくなってるじゃない。あんた——飲ませたわね」

「ご想像にお任せしますよ」

息子にあっさりとジャブを躱《かわ》された粧子が、「ふうん、じゃあ嫁に訊こっと」と急にこちらにお鉢を向けてきた。

「えっ」

「飲んだんでしょ、昨夜」

粧子が目を細めながら、じっとこちらを見つめてくる。同じソファーの端と端に座りながら、しばし視線を戦わせる。粧子の瞳が、ほんのりと光を帯びたような気がした。

「飲んでねーし……」

「はい、ダウト」

無情な宣言に、日夏は無言で顔を覆うしかなかった。

（そうだった――）

粧子に嘘は利かないのだ。すっかり忘れていた自分が恨めしい。

相手の発した言葉が嘘か本当か、瞬時に見抜く能力――それが粧子の持つ『疑念《ダウト》』だ。その特技を活かして、フリーランスの「裁定者」なるものを生業としているのだという。聞くからに怪しい職業だが、絶対的に嘘を見抜ける能力というのは需要があるらしく、かなり儲かっているのだとか。専属を持ちかけられることも多いというが、ひとつ所に留まっていられない性分と束縛を嫌う気立てとがあいまって、あくまでも自由に、のらりくらりと世間の海を泳いでいるらしい。

（もーサイアク……）

羞恥のあまり顔が上げられず、日夏はそのままソファーを立つと寝室に向かった。廊下に出ると、一尉が抗議している雰囲気が扉越しに伝わってきたが、どう抗弁したところで粧子が悪びれるとも思えない。ベッドに潜り込んでひたすら羞恥に耐えるうち、気がついたらすっかり眠り込んでいた。起きたときには、もう粧子はいなかった。

「帰ったんだ」

「ちょっと前にね」

親子水入らずで今日はさぞかし会話が弾んだことだろう、そう訊ねると。

「まあ、それなりにね」

一尉がめずらしく笑ってみせた。それ以上の詳細は、例によって明かしてもらえなかったが。

（これだから、吉嶺の血は――）

ただ、今回は何となく察しがつく。眠りに落ちる前、うっすらとリビングから聞こえてきたのは万結の名前だった。分家筋のやらかしたことは吉嶺本家でも取り沙汰されたらしいが、千柄と一尉があんなふうに対立したことの方が先に対処するべき問題と捉えられたのだろう、処分保留になったという丹澤はいまもふつうに自警団の一員として校内を駆けずり回っている。

勘当同然の身ではあるが、粧子も実家のことは気になるのだろう。もしかしたら一尉の身を案じる気持ちも、どこかにはあるのかもしれない（できれば、そう信じたい）。

あれから吉嶺兄弟とは、何度か校内で顔を合わせた。あからさまに顔を逸らす万結と違い、千柄は何か言いたげにこちらを見ていることが多かったが、言葉は交わしていない。八重樫たちの調べによると、兄弟に関しては次々と黒い証拠が見つかっているのだという。しかも、ここにきて急にだ。

千柄と万結の関与がどんどん疑わしくなっていく中、日夏の心模様は正反対の道をたどっていた。たとえかかわっていたとしても、何か事情があるのではないか――そんな気がして仕方なかった。

（だって、どっちも悪いやつじゃねーじゃん）

不穏といえば、丹澤をはじめとするシンパたちの方が怪しかった。万結は悪くないと全面的に支持し、あれからも何かとこちら側に絡んでくるのだ。元はと言えば、自分たちの行いが争いの根源になっているというのに。そのせいでよけいに拗れた関係を、さらに対立させるような言動に終始するシンパたちに千柄が釘を刺しているのも見かけたが、効果は出ていないようだ。とはいえ、所詮《しょせん》は小物の浅知恵。弱い犬にいくら吠えられたところで、一尉は気にもしなかった。見習って、日夏もシンパたちの戯れ言には耳を貸さなくなった。

（でも、あれは……何だったんだろうな）

思い出すのは、昨日の二時限目のことだ。授業で化学室に向かうさなか、日夏は忘れ物に気づいて一人で教室まで取りに戻った。その際に廊下の角で、誰かと出合い頭にぶつかりそうになったのだ。すんでのところで衝突を避けてからそれが丹澤であることに気づき、日夏はいつものように投げつけられるだろう暴言に備えて、小さくファイティングポーズを取った。

だが、意外にも向こうは何も言わず、ただ日夏の顔を見ているだけだった。

やがて、静かな声でこう問われた。

『――妊娠したのか』

『え？　や……まだ確定はしてねーけど』

唐突な問いを訝しく思いつつも首を振ると、丹澤が何とも言えない表情でまた押し黙った。それから目を伏せるなり、こう言ったのだ。

『世の中ってのは不公平にできてるもんだよな』

『え』

思わず聞き返すと、丹澤が自嘲を浮かべて『まったく嫌になる……』と続けて零した。

意味がわからず首を傾げた日夏を睥睨《へいげい》するように目を細めてから、丹澤はそのまま何も言わず、日夏の横をすり抜けていってしまった。ただ、それだけの出来事なのだが——。

何だかこれまでの丹澤とは雰囲気が違っていたような気がして、妙に頭に残っていた。いちおう一尉にもこの件は報告してあるのだが、大事がなくてよかったと安堵されただけで終わった。

(まあ、単に気分じゃなかったとか)

要はそんなところなのだろう。丹澤以外のメンツは、相変わらずどこで会おうとも絡んでくるので鬱陶しいことこのうえない。あの悪目立ちする自警団の腕章が、そろそろトラウマになりかけているくらいだ。

「……まったく、何がしたいんだかな」

見回りしか能のないシンパたちが今日もうろついているのを、日夏は執務室の窓際から胡乱《うろん》な眼差しで見下ろした。好きにさせとけよ、と傍らで八重樫が笑う。

「それより、日夏も賭けねーか」

ラップトップの画面をにやにや眺めていると思ったら、トトカルチョの掛け率が表示されている。横から覗くと、人気のマッチアップはやはり各務の双子と、大トリの一尉たちの試合だった。画面上ではどちらのオッズも拮抗していて、こちらでもいい勝負を見せている。

「おまえは?」

「裏名義で、千柄に賭けた」

主催しておきながら自分でも参加するのはどうかと思うし、しかも結果の見えている試合に賭けるのだから、八重樫の面の皮の厚さには呆れるばかりだ。

「当たっても、たいした額にゃなんねーけどな」

そのうえ文句まで言う厚かましさに、気づいたら笑ってしまっていた。こういうやつである。

「でも、ここ数日で千柄に入れるやつが増えてきたから、オススメは一尉」

「双子戦は？　どっちに賭けた」

「曜子」

こっちも堅いだろ、とメガネを押し上げた八重樫に、ソファーで文庫本を読んでいた隼人が「お目が高い」とにっこり微笑む。通常のバトルなら能力戦なので、勝敗の見通しもある程度は立つのだが、フェンシングの腕前となると前情報にも限りがある。双子がフェンシングを習っていたことなど今回が初耳だし、一尉たちのアカデミーでの対戦成績など、知る手段のない者がほとんどだ。

「おまえも、わざと負ける気かよ」

「まさか。そんなことしたら曜子に怒られる」

ということは、いちおう試合には全力で臨む気なのだろう。ただ、運動神経はどちらかと言えば人並みの隼人だ。曜子はかなりの腕前だと聞きはしたが、体育の授業で活躍しているのは見たことがない。いったいどんな試合になるのか、何だか不安が湧いてこないでもなかった。

「俺としては試合が楽しめたら、それでいいかなって」

「――そっか」

ほかのエントリー組には都大会の優勝者や海外での試合経験者などもいるらしいので、大会としての体裁はどうにかなるだろう。一尉たちの試合も結果は知れているとはいえ、見応えのある試合になりそうでいまから楽しみで仕方がなかった。

(おっと、メインは捕り物だよな)

うっかりするとそれを忘れそうになるくらい、この数日は穏やかな日々だった。

日夏の体調もかなりいい。それは喜ばしいのだが――そうすると頭の片隅に追いやっていたモヤモヤが、ふとした瞬間にまた頭をもたげてくるようになった。

窃盗団について、日夏が知らされていることはごくわずかだ。自分に回ってくる情報が制限されているのは最初から気づいていたことだし、一尉にも面と向かって確認してある。

『おまえ、今回の件で俺に隠してること、けっこうあるだろ』

『――うん』

誤魔化さずに頷いた一尉の瞳に、後ろめたさは見られなかった。

(じゃ、しょーがねえな)

必要があってそうしているのなら、無理に聞き出すことに意味はない。素直にそう思えた。

『わかった。でも言えるようになったら、全部話せよ?』

『約束する』

きっと以前だったら、隠されていることに不満を覚えただろう。でもいまはそう言えるだけの信頼が互いの間にある。大人になったね、と一尉に言われてちょっと複雑な気持ちにもなったけれど。

(確実に進んでるんだよな)

出会う前よりも出会ってから、惹かれ合ったあの頃よりもいまの方が。

確実にいい方へ進んでいる気がした。だから一尉が自分を気遣って、なるべく安全なところに置いておきたいと思う気持ちもわかる。

――こんな体だから、いまはよけいにそう思うのだろう。

『日夏が何より大事だから』

口癖のようにそう言うけれど、毎回気持ちがこもっていることは声を聞いただけでわかる。

『日夏の気持ちを、いちばんに大切にしたいから』

どうしたい？　といつも訊いてくれるのも、一尉の優しさだろう。それに甘えてワガママも言ってしまっているけれど、それを叶えるときの一尉の至福そうな顔ときたら。

(幸せ、だよな)

そのはずなのに……。心のどこかに隙間風が吹く理由が、いつまで経ってもわからないのが日夏の悩みの種だった。わからないから、誰にも言えなくて――。

それがずっとモヤモヤになって、胸の奥でわだかまっているのだ。

「……なんて、ナーバスになってる場合じゃねーよな」

バトルはいよいよ、明日だ。窃盗団に動きがないか、あちこちに網を張っているが、いまのところそれらしき傾向はないらしい。警戒を怠る気はないが、やはり狙い目は大会中だろう。

当日の騒乱の隙をついて、セキュリティの裏をかいてくると一尉たちは予想していた。そのためにわざわざ重大な「穴」を、修正せず放置しておいたくらいだ。恐らくはプレシャスでも同じ手が使われ、まんまと出し抜かれたのだろう。

(よし、目の前のことに集中しよう)

そう自身に言い聞かせると、日夏はパチンと両手で頬を叩いた。

5

バトル当日の昼近く――。

日夏は本校舎の屋上でフェンスにもたれながら、ぼんやりと空を眺めていた。

一尉と初めて出会った日も、ここで空を見ていたのを覚えている。あの日、ここに寝転んでいた自分は、こんな将来が待っているなんて想像もしていなかった。

思えばほんの数ヵ月前のことなのに、なんだかずいぶん遠く感じられる。

(あっという間だったのに、すごく昔――みたいな)

あの日からはじまった未来にいま自分が立っているんだと思うと、なんだか不思議な気がしてくる。

季節は違うが同じくらいよく晴れた空に、今日は点々と小さな雲が浮かんでいる。

「……お」

辺り全体をカバーするように張っていた意識に、探していた気配が引っかかった。

振り返って、フェンスの網越しに視線をめぐらせる。すぐに見つかった該当人物の特徴を、日夏は素早く携帯に打ち込んだ。近くで待機していた大柄な男が、不審者に一撃を入れて昏倒《こんとう》させるのを上から見守る。役割を終えて振り仰いだ白衣の大男が、立てた親指をこちらに向けてきた。同じサインを返してから、日夏は撤収の準備をはじめた。時刻はもう少しで正午だ。

「お役目、ごくろーさん」

屋上の扉が開く前から気づいていた気配が、のらりくらりとこちらに向かってくる。きっと一尉がよこした迎えだろう。このところ連日そうだが、今日もはたして寝不足なのか。眠そうな目で踵を引きずるように歩いてきた古閑が、ふわあっと欠伸をしながら大きく伸びをする。

「おまえ、ちゃんと寝てんの？」

思わずそう訊ねると、「まあ、そこそこ……」といかにも嘘くさい返事が返ってきた。そこそこ寝ているやつが、そんな顔をしているわけがないというのに。

「つーか、俺よりそっちはどうなんだよ」

「おかげさまで絶好調だよ。食欲もほとんど戻ったしな」

さっきの名残で立てた親指を向けると、古閑には苦笑で流された。

「熱は？」

「朝計ったけど、ちょー平熱だった。眠気もだいぶ収まってきたし」

日夏の言葉を確かめるように目を細めてこちらを見ていた古閑だが、やがて納得したのか「そりゃ何よりだ」と頷いてみせる。

肩を並べて屋上をあとにしながら、「実はさ」と古閑がおもむろに口を開いた。

「――知り合いに、おまえと同じ雄体の半陰陽がいんだけどさ」

「うん」

「その人も以前、妊娠したかもってことがあって……まあ、けっきょくしてなかったんだけど」

「うん」

「そんときも、おまえと似た症状が出たらしいよ」

「まじで？」

古閑によると、その人も日夏と同じく眠気やつわりなど初期症状によく似た不調が出て、疑惑を持ったのだという。検査薬を試すも、すぐには結果がわからなくて不安な思いをした、と。

「なにを食べてもほとんど吐いちゃって……つらそうにしてたの思い出したよ。俺はいまよりガキだったから、そばにいるくらいしかできなくてさ。すげー、歯痒かったよ。まじで」

その悔いを思い出したのか、古閑が目を伏せながら顔に自嘲を浮かべた。

「いまならもう少し、ましに動けるんだろうけど……いや、そうでもねーかな」

いつになく歯切れの悪いことを言いながら、古閑が細く溜め息をつく。その人と古閑がどういう間柄にあるのかは知らないが、いつになく丸まっていた古閑の背中を日夏は思いきり引っ叩いた。

「その人、おまえがいてくれて助かったって言わなかったか？」

「え、……あ」

思いあたる節があったのか、古閑が右上を見ながら「あー……」と口を開ける。

「そーいうとき、誰かがそばにいてくれるだけでもぜんぜん違うっつーか。たぶんその人も心強かったんじゃねーかって、俺は思うけど」

あくまでも自分の経験に照らし合わせての話なので、古閑の言っているその誰かが、どんな意味でそれを口にしたのかまではわからない。でも、古閑がその誰かのことを強く案じているのは、いまの短い会話の中でもひしひしと伝わってきた。だからきっとその人も、古閑のそんな気持ちに救われていたのではないかと思うのだ。

「……なんだよ、おまえを励まそうと思ってはじめた話なのに」

俺が励まされてんじゃん、と苦笑してから、古閑が左の目元を指先で撫でた。

「何、励ましてくれる気だったわけ？」

「あのときは何もできなかったからさ。つっても、今回もたいして力になれてねーけど」

「いや、そうでもねーよ？　おまえらが驚きもせず、おめでとうって受け入れてくれたの、俺は何げに嬉しかったし。……つーか、かなりか」

打ち明けるのにナーバスになっていたことを告げると、古閑が意外そうに「へえ」と眉を上げた。

「おまえらの見る目が変わったらどうしようとか、ヒートの衝動に任せて妊娠するなんて考えなしだって呆れられるんじゃねーかとか……すげえ考えたっつーの」

でもいざ言ってみたら、本当に、全員がたいして驚きもせずに真っ先に祝福してくれたのだ。

「まだ疑惑だからさ、実際にはわかんねーけど」

たとえ本当に妊娠していても、何となくやっていけそうな気がしたのはそれがあったからだ。変わらぬ友人たちがそばにいて、隣に一尉がいてくれたら。

(たいがいのことは乗り越えられんだろ)

そっと下腹部をさすった日夏に、古閑が笑って言う。

「可愛いだろーな、おまえに似たら」

「……それは顔がって意味か?」

自分の顔立ちが男らしいの正反対をいっていることはよくわかっているし、日夏にとっては長年のコンプレックスでもある。母親似だとはよく言われてきたが、このあいだ惣輔に若かりし頃の母の写真を見せてもらったところ、確かに当時の深冬は驚くほど日夏と面差しがよく似ていた。——日夏の記憶にある母は年齢を重ねた分落ち着きがあり、可憐《かれん》さを失った代わりに母の強さを得たような逞《たくま》しい雰囲気を持っていた。性格も、なかなかの男前で頼りがいもあった。

(俺も早いとこ、あーなりてーよ)

少女然とした可愛らしさを母が脱ぎ捨てたように、自分も子を持てばそうなれるのだろうか。

限界まで顔を崩してふてくされる日夏に、「それもあるけどさ」と古閑がさらに笑う。

「何つーか、親戚のオッサン的立場から言う『可愛い』って感じ?」

「あー……実際、親戚だしなぁ」

急に気が抜けて、日夏は顰めていた顔を元に戻した。

「——お」

スラックスのポケットで携帯が震えて、バトルの速報を伝えてくれる。

「隼人から。負けたって」

「負けたのに、Vサインの画像が送られてくんのかよ」

横から携帯を覗き込んだ古閑が、ふっと息を吐いて笑う。

「きっと、楽しかったんじゃねーの？」

体育館で行われているフェンシング大会も、いまのところ順調に進んでいるようだ。

午前中の目玉だった双子の試合は残念ながら観にいけなかったのだが、八重樫に写真を送ってもらったところ、あの真っ白いユニフォームを着て剣を持つ姿がどちらも恐ろしく絵になっていて、隼人のファンクラブから悲鳴が上がったという報告もまんざら嘘ではないだろう。

ちなみにいざ勝負がはじまってみたら、圧倒的に曜子の方が強かったらしい。送ってもらった短い動画を見る限り、体育の授業でいかに手を抜いていたかが知れるような俊敏な動きをしていた。隼人も、日夏が想像していたよりは機敏で、先を読んで流れるように動く様がまた絵になっていて、二連敗で負けはしたが、本人も「いい試合だった」と振り返っている。

「あとで、ちゃんと動画見せてもらおっと」

試合の模様はあまさず記録に残す予定だと聞いている。運営は風紀委員会と当日ボランティアだけで回しているので人出不足が深刻らしいが、さすがに今日は自警団もセキュリティチームもそちらを手伝う余裕がなかった。このイベントが格好の隙になるのは、学院側も意識している。フルメンバーで警戒にあたるよう指示が出ていた。

「今日の昼飯、何ー？」

そんな呑気《のんき》なことを言いながら、セキュリティチームが詰め所にしている執務室に日夏はノックもなしに入った。中にいたのは一尉と八重樫、山下の三人だけだ。隼人はまだ帰っていないらしい。

日夏の顔を見るなり、三人掛けソファーに長々と伸びた山下が「おまえのひるめしはもらった」とホワイトボードで挑発してくる。慌てて壁際のテーブルを見ると、焼き菓子の盛り合わせが朝見たときの半分以下の標高になっていた。

「なんだ、そっちか」

山下にとっては、そちらの方が主食なのだろう。八重樫が手配したケータリングを並べたテーブルには、見るからに美味そうな料理が勢揃いしている。食欲がほとんど戻った日夏にとって、そこは宝の山だった。スキップで駆けよった日夏に「おー、まじで通常運転だな」と古閑が笑う。

時刻は十二時十五分。バトルも昼休憩に入っているはずだ。今日は土曜なので食堂は開いていないが、購買は臨時で営業しているらしい。いま頃は人でごった返しているだろう。

大会の午後の部がはじまるのが十三時、一尉たちの試合はその後、十四時開始を予定している。

両陣営のトップが、大勢の目を惹きつけて剣を交えるのだからこれほどの隙もない。ことが起きるなら、そのあたりに違いない——と誰もが予想をつけていた。裏をかかれる可能性もあるので警戒は解けないが、この時間ならまだ昼食を取る余裕くらいはある——というか、校舎の内外に人が溢れているいましか、むしろ食事のチャンスはないだろう。

「おまえも食っとけよ」

壁際のモニターをじっと見たまま、執務椅子で脚を組んでいる一尉に小皿に取り分けたランチを持っていく。大画面を十二分割して映し出されているのは、警備室と共有している監視カメラの映像だ。本校舎の地下にある宝物庫の出入り口には、朝から誰も近づいていないらしい。

「息抜きするならいまだぞ？」

体ごと入り込んで一尉の視界を遮ると、観念したように笑った一尉が「そうだね」と小皿に手を伸ばした。日夏はすでに第一陣を詰め込んだあとなので、山下の目を盗んで取ってきたフィナンシェを執務机に腰を預けながら食べる。お茶を取りに立った一尉に執務椅子を勧められて、体温の残る椅子に腰かけた。今日の一尉は登校してからこっち、ずっとここを温めていたらしい。

「さすがに腰が疲れたよ」

戻ってきた一尉が、執務机にティーカップを置くなり、その場で体を伸ばして軽くストレッチする。

「無理すんなよ」

思わずそう口にすると、「うん、ありがと」と一尉が眦を緩めてみせた。

疑惑が発覚して以来、情けなくも自分の体調で手いっぱいだったので、一尉の心身にまで気が回っていなかったことを改めて反省する。ヒートの前兆に気づかなかった件もそうだ。一尉は日夏が痩せたと心配していたけれど、自分だって瞳の奥に疲弊をにじませているくせに。

（俺って、やっぱ視野が狭いよな……）

自分のことばかりで、パートナーの体調面に気が配れないなんて――。

無言で猛省していると、ふいに一尉が日夏の口元に指を添えてきた。食べ零しの欠片を拭った一尉が、それを自身の口元へと運ぶ。自然な仕草でそれを舐め取った一尉が、「手元が留守になってるよ」と首を傾げてみせる。

「あー……食う？」

食べかけだったそれを差し出すと、軽く身を屈《かが》めた一尉が小さく口を開けてみせる。そっとその中に押し込むと、ぜったいにわざとだろう、最後にぺろりと指先を舐められた。

「ここには俺らもいるって忘れんなよー？」

目線はラップトップの画面に据えたまま、八重樫が釘を刺してくる。てきめんに耳が赤くなったのを誤魔化すように、日夏は「あ、あれがグロリアの大扉？」と大画面モニターの中央を指差した。

「番人って、どんなやつが出てくんの？」

「相対する者次第で変わるから、いろいろだね。問答の難易度と、番人の機嫌もそのとき次第でね」

要するにこの向こう側へいくには、鍵以外に運と知恵とが必要になるというわけだ。

「一度訪れた者の気配を、番人は忘れないから。ファーストコンタクト次第ではすんなり入れるようになると思うけどね」

いかにも前時代的なこの魔法仕掛けの扉は、最近ではほとんど見かけなくなったらしいが、学校や博物館などアカデミックな場所ではこうしていまも健在なのだという。

「おまえは見たことあんの？」

「以前に一度だけね」

一尉が会ったのは、十歳くらいの可愛らしい少女だったらしい。八重樫も二度ほど開錠に立ち会ったというが、一度目はモノクルをかけた老紳士で、その前はライオンの姿をしていたというので、相対する者によってかなりのバリエーションがあるのだろう。

「番人と馴染みのある学院長が、初見の者は通さないよう頼んだらしいから——ふつうはそれだけで入れないはずなんだけどね」

プレシャスの宝物庫がどうやって破られたのか、その謎はいまもって解明されていないのだという。しかも番人によるセキュリティを過信していたプレシャスは、宝物庫の入り口には監視カメラを設置していなかったらしい。その点をグロリアでは改善したので、何かが起こるにしろ、今回は映像で捉えることができるはずだ。

そもそも地下へと下りる階段には、新学期以前から専用の警備員が配置されている。たまに監視カメラに映る彼らは見るからに屈強で、頼もしい強面《こわもて》ぶりをしていた。加えて宝物庫の内部には、センサーによるトラップがいくつも仕掛けられていると聞いているし、慢心していたプレシャスとは比べるべくもない態勢が整っている。それだけに、失敗は許されないわけだ。

「……なんか緊張してきた」

昼食後、一尉と八重樫の二人はモニターを見ながら、タブレットやラップトップでの作業を再開したが、現状で自分にできることは何もない。昼休憩の終わりをただソファーに座って待つしかない時間に焦《じ》れていると、隼人が「はい」と新しい紅茶を淹れてきてくれた。

「焦っても仕方ないよ。リラックスしよう」

紅茶を淹れるのだけは誰よりも隼人がうまい。さきほど戻ってくるなり山下にねだられてアッサムを淹れていたが、今度は日夏のためにフルーツフレーバーのお茶を淹れてくれたらしい。

ひと口含むと、甘いけれど爽やかなマスカットの香気が鼻に抜けていった。

（あ、美味い）

肩に入っていたよけいな力が、自然と抜けていく。

けれどせっかくのリフレッシュ気分を台無しにするように、無骨なノック音が響いた。了承も得ず、無遠慮に立ち入ってきた相手の顔を見て、思わず眉間にしわがよってしまう。丹澤は日夏には目もくれず、つかつかと執務室に踏み込んできた。

「午後の見回りの件で、確認したいことが――」

一尉にではなく八重樫に向かって、丹澤が用件を切り出したその直後だった。

耳障りな警報が鳴る。見れば、モニターの中央に赤字で「WARNING」と表示されていた。

「センサーに反応？　しかも宝物庫の内部って……」

全員の視線が、入り口を映した監視映像に集中する。つい数分前と変わらない、無人の扉がそこにあるだけだ。番人が現れれば、そもそもそれだけで通知がくるようになっているはずなのに。

慌てて階段を下りてきたらしい警備員が、扉の前に駆けつける。不審な点がないか確認した彼が、カメラに向かって首を横に振ってみせる。

「まさかそんなはず……」

そう独りごちた丹澤が、眉間を曇らせながら携帯を取り出す。タイミングよく届いたメールに目を走らせるなり、その背中が廊下に飛び出していった。

「八重樫は残って、情報面のサポートを。残りは現場に向かうよ」

一尉の指示で、丹澤を追いかけるように日夏たちも本校舎の地下へと走った。まさか昼休憩の終わりを待たずに向こうが動くとは——。計算外だ、と叫んだのは携帯を耳にあてた丹澤だった。

地下室への階段前で自警団のメンツと鉢合わせる。こちらも第二執務室から、大急ぎで駆けつけてきたのだろう。その中には万結と千柄の姿もある。

丹澤の通話相手は千柄だったらしく、顔から携帯を離した二人が直接言葉を交わしはじめる。その内容が少し気になるも、いまはそんなことに気を取られている場合ではない。

一尉に続いて階段を下りる。地下へいくにしては長い階段を下りきると、薄暗い中にそびえ立つ大扉が威圧感を持って視界に飛び込んできた。

こんなことでもなければ、訪れる者は滅多にいないのだろう。うっすらと埃《ほこり》の臭いが鼻につく。

「突破された形跡はありません」

そこで待機していた警備員の証言どおり、扉にもその付近にも変わった様子はなかった。

最後に階段を下りてきたのが、どうやら警備責任者だったようで、胸に「主任」と書かれたバッジがついている。部下の敬礼に小さく頷いた壮年の男が、学院側に託されてきた指示を伝える。

「取り急ぎ、中の安全を確認するようにとのことです。鍵をお持ちなのは？」

一尉がすっと、顔の横に手を上げた。こういった場合の手順はあらかじめ決めてあったらしい。警備員に場所を譲られて扉の前に進んだ一尉が、胸ポケットから無造作に銀色の鍵を取り出した。

扉の装飾ぶりに比べれば、それはかなりシンプルなスケルトンキーだった。持ち手が小さな輪になっていて、筒状の軸の先には小さな矩形《くけい》状の歯がついている。見た目からして古めかしく、骨董店などでインテリアアイテムとして扱われていそうな代物だ。

一尉が鍵穴にスケルトンキーを差し込む。途端に、どこからともなく白い煙が溢れてきた。

「あら、久しぶりじゃない」

煙の向こうから甲高《かんだか》い声が聞こえてきて、次にぼんやりと人の形が浮かんできた。シルエットしか見えない「彼女」が指を鳴らした途端、ぱっと魔法のように煙が消える。

「なあに？　ずいぶんな大人数ね」

扉の前に鈴なりになった人垣を見て、彼女は不思議そうに首を傾げた。これが以前に一尉が見たという「番人」の姿なのだろう。水色を基調にしたワンピースはパニエでたっぷりと膨らんでいて、裾からも溢れるようにフリルが見えている。黒いストラップシューズの踵をトンと打ち合わせると、彼女は退屈を示すようにふわあっと小さな欠伸を零した。

「今日は眠いから、さっさと帰って寝たいの。なぞなぞにするわね」

「――その前に、ひとつだけ」

さっさく問答をはじめようとした彼女に、一尉がそっと人差し指を立ててみせる。

「あなたは今日、ほかにも誰かを見ましたか」

「いいえ。あなたたちがくる前に呼ばれたのは、五日くらい前だったと思うわ」

学院長が頼み事をしに訪れたときのことだろう。「それがどうかしたの」と、彼女が今度は訝しげに首を傾げてみせた。番人の機嫌を損ねるのはご法度である。知らぬ間に出し抜かれていたなんて聞けば、ヘソを曲げて通してくれない可能性が出てくる。

「いいえ。ただの確認です」

涼しい笑顔で流した一尉に、少女が「いくわよ」と少しだけ顎を引いてみせた。

「その川に水はなく、森に木はない。都市には建物がない。それはなぜ？」

日夏の頭の中に疑問符が散る。この番人の出す問答は、なぞかけだったり数学の証明問題だったり、ときには個人的な質問だったりもするそうだ。正しい答えがあるものもあれば、ないものもある。まさに番人の気分次第というわけだ。今回は、なぞなぞというからには正答があるのだろう。

(ぜんっぜんわかんねーけど……)

ちらりと横目で山下を見るも、肩を竦められる。日夏にはさっぱりだったが、問われた本人に迷う素振りはなかった。ほとんど間を開けずに「地図だから」と一尉が答える。

「正解。じゃあ、あとは好きにしてね」

小さな掌で隠しきれない欠伸を披露しながら、少女がくるりと身を翻す。みるみる薄れていったその姿が宙にかき消えるまで、ほんの数秒だった。番人の機嫌によっては一問で済まないときもあると聞いていたので、今回は幸いだったようだ。一尉が差し込んでいたままの鍵を回す。かすかに音がした。そのまま取っ手になった持ち手を引くと、重そうな鉄扉がするすると音もなく開いた。

「――準備はいいですか」

中に窃盗団がいることも警戒して、見回りは手分けすることになった。向かって右の区域を自警団が、左の区域を警備員たちが担当する。アカデミーの要請絡みで、中央奥にある金庫室にはセキュリティチームが駆けつけることになった。警備主任が、一時的に内部のセンサーを解除する。踏み込んだ一尉たちに続いて、日夏も薄暗い宝物庫内に進んだ。

（つーか、広すぎじゃね？）

階段が長かったはずだ、ゆうに三階分はありそうな天井近くまで、アルファベット順に連なる棚がいくつもそびえている。左右に十三列ずつ、その間に少し広めの通路がまっすぐ先まで続いていた。この先に、特に高価な物や預かり品ばかりを収蔵した金庫室があるのだという。

金庫室に収蔵されているアカデミーの宝物に関しては、一尉を代理人とする旨が理事から通達されているので、いまもこうして真っ先に向かっているのだが――。

早歩きで通路を進みながら、ふいに日夏の隣に並んでいた山下がちらりとこちらを見てきた。

いつの間にかゴーグルもマスクも外して、素の顔を露にしている。ゴーグル越しでは茶色に見えていたトパーズの瞳が、意味ありげに背後を一瞥した。

それだけで察して、日夏も小さく頷いた。

「――金木犀《きんもくせい》の匂いがする」

言いながら唐突に足を止めた日夏を、先頭にいた一尉が振り返る。

「日夏？」

窺うような眼差しに「あ、悪い……」と首を振ってから、日夏は先にいくよう促した。

「なんか眩暈《めまい》して……大丈夫、すぐに追いつくから」

急に気分が悪くなった日夏を案じて、隼人と山下がその場に残ることになった。後ろ髪を引かれるような顔をしていた一尉と古閑を「いまはそっちのが優先だろ」と送り出す。二人の背中が遠くなってから、日夏はその場に崩れるようにして膝をつきかけた。隼人が横から手を貸してくれる寸前に、見えない誰かの手が日夏の腕を支えてくれたような気がした。

顔を上げて山下を見る。すべての扮装《ふんそう》を解いた山下が……いや、そこにいるのはもはや人ですらなかった。魔族と獣をかけ合わせて作られたという「合成獣《キメラ》」――金の被毛を持つ狼が、毛色と同じ金色の眼差しを虚空へと向ける。日夏の向かい、数歩の距離に誰かがいるように。

隼人の指が鳴り、自分たちの周りに結界が張られた。これで誰かに見咎められることはない。

「――俺らと一緒に足を止めたってことは、思い留まったってことだよな？」

隼人に向けて「サンキュ」と囁くと、日夏を支えていた腕がすっと引いていく。

具合が悪いと言って足を止めたのも、ふらついたのも、全部フェイクだ。ここにいる誰かに見せるための演技にすぎない。だが、日夏の問いかけに応じる声はなかった。金狼の目線を追って、誰もいないはずの空間を見ながら、「違うのかよ、吉嶺センセ」と重ねて呼びかける。

「——……」

ほどなくして覚悟を決めたのか、それとも諦めたのか。能力を解除した万結が姿を現した。さっき見かけたスーツ姿のまま、その耳にはイヤーカフがついている。

「『透明化』したあんたが、金庫室から金目の物を持ち出す。そういう手はずだったんだろ」

疲れたように表情をなくした万結が「知ってたんだな……」とかすれ声で呟いた。

「俺がやつらに手を貸してるって」

「きっと、やむにやまれぬ事情があるんだろうって」

一尉の言葉をそのまま伝えると、万結が一瞬だけ唇を嚙みしめた。

「ほかのお宝はいま頃、あんたのシンパや警備員になりすました窃盗団のやつらが漁ってんだろ？そっちもじきに捕まると思うけど……ああ、はじまったな」

結界の向こう側がにわかに騒がしくなった。宝物庫内のあちこちから怒声や悲鳴が聞こえてくる。中でわざわざ自警団や警備員たちと別行動を取ったのは、彼らが一線を越えたのを確認してから確保するためだった。一尉が待機させていた「本物」の警備員たちによる捕り物がはじまったのだろう。

「全部わかってたのか」

「だいたいはな」

一尉に聞かされた窃盗団の計画は、聞けば確かによくできていた。通常であればいちばんの難関となるはずの大扉のセキュリティも、人間を使えばどうということはない。門番は「魔力」に反応して姿を現すのだから。鍵さえ持っていれば、難なく開けることができてしまう。

美術館や博物館を狙った以前の犯行では、そうやって侵入した先で目ぼしい物を盗んでいたのだろう。だがプレシャスではさらに一計を案じた。頃合いを見て、侵入者にわざと中のセンサーに触れさせたのだ。扉に異常がなくとも、内部の警報が鳴れば確認のために必ず中に人が入る。金庫室もしかりだ。プレシャスではあらかたの盗みを終えてから、わざと扉を閉めて警報を鳴らしたのだろう。その方が開ける側にも油断が出る。その隙に姿を消した万結が金庫室に立ち入り、魔具を盗み出したのだろうというのが一尉たちの推測だった。明かされてみれば他愛のないトリックだ。

「大扉用にあんたらが用意してた人間も、とっくに確保済みだよ」

「じゃあ……」

「中に入って、警報を鳴らしたのはこっちの人員ってわけ。予定より早くて驚いたろ？」

窃盗団としては一尉たちの試合と被せる気でいたはずだから想定外のことに驚くだろうが、計画はそのまま実行されると踏んでいた。ここまで手をかけて手ぶらで帰るはずがない、と。

「あんたたちは、まんまとトラップにかかったんだよ」

学院側にはあらかじめ、ここまでの推測を報告したうえで「罠《わな》」を仕掛けるプランをセキュリティチームから提案してあった。綿密な打ち合わせを重ね、学院長の許可も得ての今日の決行だ。ずっと水面下で動いていたので、自警団たちには青天の霹靂《へきれき》だったろう。

今日のために窃盗団が用意していた人間も、なり代わられていた警備員たちも、さきほど確認したところ記憶を都合よく弄られた形跡があったという。本物の警備員たちは、朝から校舎の外れで待機するよう命令を受けたと証言していたが、そんな命令はむろんどこからも出ていない。

やはり窃盗団の側には、記憶を改竄して操れる人員がいるということだ。

そんな心あたりは一人しかいない——。

（あいつ……）

恐らくは分家筋の者たちも、そうやって操られているのだろう。今回の計画は、窃盗団だけではどうしたって成立しえない。むしろ記憶操作能力者ありきで、すべてが練られていると言ってもいいくらいだ。首謀に近いところにその人物がいるのは、もはや明らかだ。

万結が、疲弊しきった眼差しを床に落とす。こうして目にするまでは信じられずにいたが、兄の関与はこれで明らかになった。弟についても時間の問題だろう。

（千柄にも、何か事情があんだろうけど）

前回はともかく、万結の今回の犯行はどうにか未遂で止めることができた。でも千柄は——。

自警団が向かったはずの右手側の区画を見やる。いま頃は千柄も捕まっているだろうか。

「待てよ。じゃあ、さっきのあれも――」

ふいに顔を上げた万結が、思いつめた顔で一歩踏み出してきた。

「あれって？」

日夏の反問に「金木犀のことだよ」と、万結がわずかばかり語気を強める。

金狼が合図を送ってきたらその合言葉を口にするよう、指示してきたのは一尉だ。日夏はそれに従っただけで、意味するところまでは聞かされていない。

(それを聞いたら、もしかしたら踏み止まるかもとは言ってたけど)

万結の反応を見る限り、効果的だったようだ。

「俺はそう言えって、言われただけだし」

「誰に」

「一尉に」

という日夏の答えに、万結があからさまに顔を顰める。あのフレーズにどんな意味があったのかは見当もつかないが、万結にとっては重要な意味を持っているらしかった。

「なんで、あいつがそれを……」

苦しげな声で問われても、日夏には答えられない。さあと肩を竦めるしかなかった。だが――。

思いがけず、横合いからその疑問に答える者が現れた。

「それは、僕が頼んだからだよ」

唐突に割り込んできた澄んだ発声に、全員が目を向ける。結界にするりと入り込んできた千柄が、ゆっくりとした歩みで日夏の隣に肩を並べた。万結の目が驚きで見開かれる。

（え——？）

だが、その反応は日夏も同様だった。なぜここに、千柄がいるのか。彼は窃盗団の一員として、すでに確保されているものとばかり思っていたのに——。

戸惑いのあまり声も出せずにいると、千柄が細く溜め息をついた。

「聞けば、兄さんが思い止まってくれるんじゃないかって。そう思ったから」

「千柄……」

万結の瞳に、痛みを孕んだ感情が浮かぶ。あれは自責の念だろうか。

二人の間で「金木犀」がどんな符丁を持つのかは知らない。……というか、それよりも誰かこの状況を説明して欲しかった。見る限り、隼人も金狼も、千柄の登場に驚いてはいない。

（いやいやいや）

窃盗団の計画を逆手に取った今日のプランが日夏に明かされたのは、ここ数日のことだ。自分が嘘をつけないタチなのは自覚しているし、知らなかったから自然に振る舞えた部分も確かにあるので、一尉が隠し事をしていた意図はわかる。でも、まさかこんなにも根本的なところでまで仲間外れにされていたとは——。日夏は胡乱な眼差しで隣を見やった。

「まさかとは思うけど、おまえ……」

「いつからかって？　最初からだよ」

心からぼやいた日夏に、千柄が「ごめんね」といつになく真摯な声で謝ってきた。

「……………まじか」

「――あとで説明するから。いまは一尉たちと合流しよう」

赤いペナルティタグを手にした千柄に呼びかけられて、万結が大人しく腕を差し出す。

結界を解き、吉嶺兄弟と共に金庫室に向かうと、中を検《あらた》めたらしい一尉がちょうど出てくるところだった。その背後には、白衣を着た大柄な男がいる。

昼前に日夏が捕捉した人間の代わりに、大扉を開けたのはこの男だ。聞けば数ヵ月前のアカデミーでも一度、あのセキュリティを破っているのだという。言うなれば経験者だ。中に入ったこの男が、こちらのタイミングに合わせて内部のセンサーにわざと触れたのだ。監視カメラに侵入の様子が映っていなかったのは、八重樫がその間だけループ映像が流れるよう切り替えたからだ。満足げな表情を見る限り、騒動のどさくさに紛れて理事のお宝を回収せよ、というミッションも完遂できたのだろう。

ちなみにこの男の参入については、あらかじめ聞いていたので驚きはしない。

「日夏ーっ」

きているとは聞いていたし、さきほど姿を見かけもしたが、こうして間近で顔を合わせるのは初めてだ。こちらの姿を見つけるなり、猛ダッシュしてきた父親を回し蹴りで拒もうか一瞬悩んでから、日夏は大人の判断でそのまま抱擁されることにした。それから、重い溜め息をつく。

「孫の名前には、俺から一字取ってくれよなっ」

「気が早ぇーし、ぜってーヤダ」

先走った祖父の要望をそう却下すると、腕を解いた惣輔が年甲斐もなく口を尖らせて拗ねた。相変わらず、面倒くさい父親である。それを半眼で見返していると、ふいに惣輔が真顔になった。

「体調は平気か」

「……平気だよ。じゃなきゃ、ここにいねーし」

その言葉を確かめるように、惣輔の大きな両掌が日夏の頬や肩、腕に触れて確かめてくる。それから、もう一度抱きしめられた。

「あいつから聞いたときは、心臓が止まるかと思ったよ――。俺の日夏に何しやがるって憤りと、俺と深冬の孫が産まれるかもしれないっていう喜びでな」

「だーから、まだ確定してねーし」

「わかってるよ。でもたとえ今回は違ったとしても、いつかはきっとそうなるよな」

それが楽しみでならないんだと、惣輔が中腰になりながら日夏の肩にトンと顎を載せてくる。

「計画的じゃなかったにしろ、おまえもいつかはって思ってたんだろ？」

「……ん」

ほんの少しだけ間を置いてから頷くと、背中に回された腕にぎゅっと力がこもった。

「俺はいつでも、おまえの味方だからな。何かあったらいつでも言え、すっ飛んでくるから」

　あの優等生ヤローに泣かされたら俺がガツンと言ってやるし、と本人の目の前で言うのはわざとだろう。横で一尉が苦笑しているのがちらりと見えた。

「サンキュ、親父《おやじ》」

　ほとんど吐息に近い声でそう囁くと、惣輔が「おう」と返してくる。最後にもう一度腕に力を込めてから、惣輔は日夏の体を解放した。

「んじゃ、俺は理事に連絡してくらー。あとは任せたぞ」

　ポンと一尉の肩を叩いてから、惣輔がその場をあとにする。それを見送ってから、日夏は隣で涼しい顔をしている一尉を見やった。

「そんで、状況は」

「上々、って感じかな」

　返された爽やかな笑顔で、計画のほとんどが一尉の思いどおりに進んだことを悟る。

（ぬけぬけと言いやがって……っ）

　千柄の件を持ち出すと、一尉が「ああ」とことさらに微笑んでみせた。

「実は、仲がいいんだよ俺たち」

「ぜんぜん聞いてねーし……」

「何しろ、アカデミーでずいぶん長く一緒にすごしたからね」

「しかも、最後の一年はルームメイトだったし」

通りかかったついでのように、千柄が追加していった情報に日夏はどちらにともなく「おい」と思わず声を低めた。離れていく千柄の背中に、思わず恨みがましい視線を送ってしまう。

「俺以外、みんな知ってたってわけか……」

日夏の心底からのぼやきに、一尉が「いや」と首を傾げてみせる。

「元ルームメイトってことは誰も知らないと思うけど」

「そーいう話じゃねーしっ」

一尉とのやり取りを、千柄が遠くで微笑ましそうに眺めているのがまたよけいに腹が立つ。

（もーやだ、こいつら……っ）

顔を顰めて五秒ほど拗ねてから、日夏はやがて諦めて表情筋をフラットにした。

そうとわかれば、確認しておきたい点があった。

「つーことはあいつ、最初から味方だったたってことだよな？」

「うん、そうなるね」

そうすると、あれもこれもすべて茶番だったということになって脱力したくなるのだが、百歩譲ってそのあたりは作戦上、仕方ない部分だったとしよう。日夏が気になるのは——。

「君の感じたとおりだと思うよ」

「え」

こちらの言いたかったことを察したように、一尉が淡く微笑んでみせる。

「千柄がいいやつだって、日夏は思ったんでしょう？」

小さく頷くと、一尉がなぜかとても嬉しそうに眦を緩めた。

感じの悪いことを言われ、揶揄われて玩具にもされたし、千柄にはずいぶんと振り回されたけれど、日夏が自警団にいる間はずっと気を遣ってくれていたし、本音を見せてもくれた。外面がよくて笑い上戸で、兄のことを言えないくらい自分だって性格が歪んでいるくせに、よく気がついて優しくて。

「……優しいときのあいつは、ちょっと祐一に似てるなって思ったんだよ」

誰かに似ている、と思ってからそう気づくまで時間がかかってしまったけれど、そう思って見てみると、千柄の気の配り方は祐一の心遣いによく似ていた。

さりげなくて、それでいて温かくて——。

「一緒にいると、ちょっと懐かしい気持ちになった」

「——何だか、少し妬《や》けてくるな」

苦笑を浮かべた一尉が、ふわっと日夏の赤毛に掌を載せてきた。

「今夜、何もかも白状するから聞いてくれる？」

「あたりまえだろ」

蚊帳《かや》の外だって疲れんだぞ、と小声で零すと、一尉が「ごめんね」と労しげに目を細めた。

一尉の携帯が鳴る。この状況なのでバトルは中断になったという、風紀委員からの報告だった。続いて、事態が収束するのを待って駆けつけたらしい学院長と教頭とが一尉の元に歩みよってくる。

二人ともいくぶん疲れた雰囲気をまとってはいるものの、表情は明るかった。プランの成功を祝うように一尉と握手をしてから、千柄にも声をかけて同じことをくり返している。

「君たちのおかげで、グロリアは危機を免れたよ」

という学院長の言葉は本心なのだろう、心底ほっとしたように肩の力を抜くのが見えた。

昨日聞いた段取りに従うならば、窃盗団はこのまま警察に引き渡されるはずだ。操られていた分家筋の者たちの処遇については、学院と吉嶺本家とにひとまず託される予定だと聞いている。

（とりあえずは一件落着、ってやつか）

グロリアとしては文句ない結果だろう。窃盗団を見事返り討ちにし、何の被害もなくこのまま大団円という形で落ち着くはずだ。

対立していた一尉と千柄の件も、本人同士が仲良くしているのだからなかったことになるのか、それとも万結が知らなかったように、そのことは本家にも秘密にされていたのだろうか。

いずれにしろ自分が考えたところで埒《らち》が明かないので、日夏はそうそうに結論を放棄した。

「ん？」

金狼からいつの間にかヒト型に変貌していたルイが、後ろから日夏のシャツの袖を引っ張ってくる。元どおりの扮装を身に着け直したルイが、目前にホワイトボードを提示してくる。

ねむい、と主張されたので保護者を呼ぼうとしたら、それはいらないとばかり首を振られた。

（こいつも何げに、頑張ったもんな）

通常以上に嗅覚を研ぎ澄ませるには、かなりの集中力がいると聞いている。ルイがいなければ、姿を隠した万結の動向を知るのは難しかったろう。その点において、ルイは功労者だ。

「執務室のソファーで少し寝てろよ」

日夏の提案に、ルイがこくんと頷いてみせる。もう計画は終わったのだから、声を出しても構わないというのに。律儀なのか、単に癖になっているだけなのか。早くも船を漕ぎはじめたルイを保護者である惣輔に引き渡してから、日夏は傍らで待っていた一尉の元に走った。

「体はどう？　どこかつらくない？」

「平気だって。すこぶる快調」

まだ残務処理があるという一尉に付き合って、日夏も執務室に戻ることにする。

心配性な一尉により添われるようにして出口に向かう途中、取り押さえられて赤いタグをかけられた集団とすれ違った。その中の一人と目が合う。丹澤だった。

悔しそうな顔をする窃盗団の一味と、事の大きさにようやく気づいたかのように青褪《あおざ》める分家筋の者たちの中で、丹澤だけが異質なくらいに無表情だった。

（そういえば……）

人間や警備員に施されていたという「記憶操作」は、いったい誰の手によるものなのだろうか。千柄でなかったとすれば、同じような能力を持つ者が窃盗団のメンツにいたのだろうか。

それとも――。

何となく嫌な予感がして、日夏は背後を振り返った。

丹澤は、もうこちらを見てはいなかった。その視線の先にいるのはまっすぐに背筋を伸ばした千柄と、タグをかけられて俯く万結の二人だ。丹澤の口元がうっすらと笑みを刻む。

日夏の抱いた不安が現実化したのは、その数時間後のことだった。

6

「そもそも、僕の方から一尉に相談したんだよ。窃盗団に兄が絡んでるかもしれないって」

――S区内にある、ラグジュアリーホテルのラウンジにて。日夏はなぜか千柄と差しで、窓際の一席を囲んでいた。暮れゆく九月の空が、ガラス越しによく見える。

スコーンにクロテッドクリームを塗りつけながら、日夏は「それで?」と先を促した。

「僕が帰国したのが八月の半ばだったんだけど、兄さんの様子がどことなく変でね。ある話題のときだけ落ち着きをなくすから、それでわかったんだよ。あの事件に兄さんが関与してるって」

一人掛けソファーに浅く腰かけた千柄が、組み替えた脚に片手を添えながら眼差しを遠くする。

「この人はグロリアでも同じことをする気だって、すぐに気づいたよ。兄さんの赴任は以前から決まってたことだし。裏にいる人物は、最初から両方を狙ってたんじゃないかな。……というよりも、プレシャスは予行演習のつもりだったんだろうね」

「予行演習?」

「窃盗団はともかく、彼らを利用した黒幕にとってはグロリアが本命だったはずだから。僕が戻ってくる時期も春には決まってたし、ずいぶん時間をかけて準備してたんだろうね。警備態勢がよく似てるプレシャスを破ることで自信を得ると同時、本番に向けての改善点を探ったんだと思う」

優美な仕草でティーカップを持ち上げた千柄が、白磁の縁を口元によせる。日夏は眉を顰めながら、二つ目のスコーンに手を伸ばした。

「そこまでしてグロリアを狙った理由って……」

「――僕ら兄弟を陥れるため」

細められた千柄の眼差しに鋭さが宿る。

「兄さんは小心者だからね、自発的に犯罪に加担するとは思えなくて探ったら、どうも弱みを握られてるみたいだった。それが何か探ってるうちに、兄さんの関与をほのめかすような証拠がちらほらと出てきたんだよ、ネット上にね。その時点では深読みしないと関連に気づけないようなものばかりだったけど、同時に僕の関与を疑わせるものまでが流れているのを知って、そこで初めて向こうの狙いに気づいたんだ。一尉に協力を仰いだのは、彼にも少なからず関係することだったから」

それが八月の終わり、始業式の数日前のことだったという。

誰かが万結の首に手綱をつけて、窃盗団に協力させていること。兄だけでなく、弟の千柄にも罪を着せようとしていること。その魂胆に『吉嶺』の影がちらつくこと――。本家に関連して何かあれば、半分とはいえ血を引く限りは、一尉もその影響を免れない。

だが千柄の要請に対して、一尉は笑ってこう返したという。

『本家の醜聞なんていまにはじまったことじゃないし、気にもしないけどね。――ただ、千柄に恩を売れるのはこのうえなく魅力的だね』

「よく言うよね」

一尉に似た面差しで、よく似た苦笑を浮かべながら千柄が肩を竦めてみせる。

（こいつら、顔だけじゃなくて中身も似てるよな……）

アカデミーですごした三年は、二人の距離を図らずも縮めたらしい。資質が似ていることや、途中からルームメイトになったこともあり、気づけば心安い仲になっていたという。けしかけ囃《はや》し立てる周囲がいなければ、二人はただの従兄弟同士にすぎない。親同士の関係が良好であれば、あるいはとっくにこうなっていたのだろう。それはそれで厄介そうだよな……と、内心だけで苦言を呈してから、日夏は前のめり気味に林檎《りんご》のコンフィチュールに手を伸ばした。

人数分でオーダーしたにもかかわらず、さっきからアフタヌーンティーに手をつけているのは自分ばかりだ。お詫びにごちそうするよ、と連れてこられたのがここだったので、遠慮する気はさらさらないのだが――。

こんなところで呑気にお茶をしていていいのか、という気分にならないわけではない。

あれから、事態は予想外の展開を迎えた。窃盗団を捕まえて一件落着――とはいかなかったのだ。

とはいえ、その件に関して一尉や八重樫たちは何やら動いているようだが、例によって日夏には仕事が振られなかった。そこに「よければお茶でもどうかな」と、千柄が声をかけてきたのだ。

『君の大事なフィアンセ、少し借りてもいい？』

『どこまで』

千柄がホテルの名を挙げると、一尉は少し考えてから「どうする？」と日夏に訊いてきた。一時的にではあるが代官山のマンションは作戦本部と化してしまったので、家にいても落ち着かなかったのは事実だ。お詫び代わりに、という千柄の言葉が決定打になって日夏は一緒にタクシーに乗った。

（それにしても）

食欲が戻っていてよかった、としみじみ思いながら日夏はスコーンを噛みしめた。せっかくだから無類のスイーツ好きである金狼も誘いたかったのだが、揺り起こしてもまったく目覚める気配がなかったので諦めたのだ。起きたらきっと、甘味の機会を逸したことを憤るだろう（仕方がないから、いちおうおみやげを買って帰る気ではいるが）。そんな流れで思いがけず千柄と二人きりになったので、ことのあらましを聞かせてもらうことにした。

それで、と続きを求めた日夏に、千柄が淡い眼差しを窓の外へと向ける。

一尉に協力を仰いだそのあとは、二人で「計画」のアウトラインを練ったのだという。

「その時点で派手に動けば、窃盗団の犯行は阻止できたと思うんだけどね。でも、それじゃ黒幕にまでは手が届かない。だからずっと水面下で、秘密裏《り》に動いてきたんだ」

千柄と一尉が懇意にしていることを、こちらで知る者はいない。それを利用して「自警団」と「セキュリティチーム」という対立図を作り、油断させた敵をこちらのホームに引きずり込んだうえで叩くのが目的だったという。八重樫には早い段階で助力を求め、古閑と隼人にも話せるだけの事情を打ち明け、アカデミーからも助っ人を呼びよせ——今日の「犯行」に備えたのだという。

ほとんどが初耳の日夏にしたら、千柄の話は込み入っていてすぐには呑み込めないものだった。

「要は誰かが、おまえら兄弟を罠にかけようとしてて、一尉たちはおまえと共謀してその黒幕を捕まえようとしてたってこと？」

「そう。グロリアを窃盗団から守ったのは、そのついでみたいなものだね」

しれっとした顔でそんなことを言うのだから、まったく一尉共々とんだ優等生である。この食えない内面を、学院関係者たちは知っているのだろうか。

「それを知らなかったのは、まじで俺だけ？」

「君の素直さは驚異的だから」

遠回しな嫌味に顔を顰めると、千柄が笑いながらフォローを入れてくれた。

「君を遠ざけたのは、一尉の気遣いだと思うけどね」

「……わかってっけどさ」

ぷうっと片頬を膨らましてから、日夏はいまだに釈然としない気持ちを紅茶と共に飲み込んだ。

「あ、したら一尉の母ちゃんも知ってたってわけ？」

「いや……あの人は気紛れだからね」

いまだに敵か味方かわからないんだよ、と千柄が首を竦めてみせる。途中で情報を持って現れた時点で一尉が魂胆を探ろうとしたが、けっきょくつかめずに終わったらしい。何をどこまで把握しているのか、この先どうする気なのか、粧子に関しては見当もつかないのだという。

「つーかさ、俺らが自警団にいく意味あったかよ？」

わざわざあんな演出までして入り込む必要がまるで見えなくて首を傾げると、千柄が「もちろんだよ」と笑顔で請け合ってくれた。

「ひとつは、金狼を使って兄さんに『匂い』を仕込むこと」

万結の能力『透明化』はわりに厄介で、姿を消されると匂いも気配も断たれてしまうので、特殊な香りを至近距離から吹きつけることで嗅覚《きゅうかく》の鋭敏な者なら追えるように仕込んでおきたかったのだという。そこまでは日夏も聞かされていた。そのためにわざわざ、金狼は扮装をしていたのだ。

七月にあった事件がきっかけで、日夏は金狼――ルイ・ドラクロワと知り合った。彼はアカデミーが研究の対象としているキメラで、その専任の研究者であり担当官として彼の世話を焼いているのが、日夏の父親・惣輔だった。いろいろとあったすえに日夏はルイに懐かれ、別れるときにはだいぶ情が移ってしまい、思わず涙ぐんでしまったほどなのだが。

（あっという間の再会だったよな……）

アカデミーの理事に、何をどう話してこの人選にさせたのかは不明だが、助っ人の内訳はルイと惣輔だった。――ちなみに風紀委員の山下は実在する。彼が秋の花粉に悩まされ、例年休みがちなことを把握していた一尉が、彼の「存在」を借りる代わりに、ブタクサの少ない沖縄《おきなわ》での養生をプレゼントしたのだと聞いている。いま頃、山下は南の地で夏休みの延長を楽しんでいることだろう。自身のなり代わりが、校内で奇行を演じていたことなど知りもせずに。

当初はルイも隼人の『幻視』で姿を変える予定だったのだが、本人が「落ち着かないから嫌だ」と急にワガママを言いはじめ、背格好だけは似ていたのを幸いにウィッグとゴーグルとマスクで扮装するに至ったというわけだ。

コスプレのようで楽しいと本人はご満悦だったが、あの見た目では不審者以外の何者でもない。ただこの点においても幸いなことに（と言っていいのかは悩むところだが）、山下本人も人見知りの不愛想でかなり無口な男らしく、驚くほど怪しまれずに済んだ。ただ、姿はどうにか誤魔化せたものの、声を出すとさすがにバレるので、あのホワイトボード芸が生まれたというわけだ。

あれについても本人はいたく気に入っており、最初に比べたら字もずいぶん上達していたので、惣輔と暮らしていたウィークリーマンションでも多用していたらしい。

「もうひとつは、君を『吉嶺』本家の手から守ること。——君は一尉の、いちばんの弱みだからね。実際、君にちょっかいをかけようとしてるやつらもいたんだよ」

「えっ」

一尉たちが窃盗団との関与を疑っていた分家筋の者たちではなく、それとは関係のない宗家のシンパまでが、一尉の足を引っ張りたいがために自分に目をつけていたとは初耳だった。

「ぜんっぜん、気づかなかったけど……」

「だろうね。隙を作らないよう、一尉がずっと気を張ってたんだよ。でもそれにも限界があるから。僕が内側から牽制《けんせい》することになったんだ」

ケンカを装って一尉と対立したことをまずは示し、自警団側に取り込ませることで「どう料理するか」を千柄に一任させたというのが、日夏の知らなかったシナリオというわけらしい。

「まじで全部、茶番だったんだな……」

「まあね」

千柄ににっこりと笑い返されて、日夏はこれ以上なく肩を落とした。そこに至るまでと至ってからの、どれを思い出しても気が滅入ってくる。

「いちおうあれは、一尉自身が潜り込むための布石でもあったんだけどね」

連絡員として隼人も送り込むことでそういう余地を作り、自警団内部をスパイするのも兼ねていたというが——続き間で仕掛けられた戯れが脳裏をよぎる。ああいうことをするのも最初から含まれていたのではないかと、つい邪推したくなってしまう。

(……というか、あのときも千柄はわかってたってことだよな)

隼人の姿をした一尉の言い分を、なるほど、みたいな顔で聞いていたのもすべて演技だったというわけだ。自分一人が単純に空回っていたという事実が、一周回ってもはや笑えてくるくらいだ。黙っていた埋め合わせはすると一尉から言質《げんち》は取っているので、どうやってこのツケを支払ってもらおうか、鬱々とした気持ちで考え込んでいると、ふいに千柄が吐息交じりの笑みを漏らした。

「たぶんだけど、一尉的には僕に婚約者自慢をしたかったんじゃないかな」

「俺を?」

そう、と苦笑した千柄が、やれやれとでも言うように首を振ってみせる。

「まあ、僕としても君に興味はあったからね。あの一尉がベタ惚れだって聞いてたし。どんな子かなって気にはなってたんだよ。ずっとね」

「こんな子でしたー」

わざと変顔を作って千柄に向けると、ふっと吹き出した千柄が横を向く。あやうく入りそうだった笑い上戸のスイッチを、どうにか堪えたらしい。ややして咳払《せきばら》いで仕切り直した千柄が「それに、君のおかげでわかったこともあるんだよ」と微笑みかけてくる。

「君たちが自警団に顔を出すようになってから、兄さんの夜歩きがはじまってね」

わざわざ姿を隠してまで、万結がどこへ赴いていたのか、判明したのはその数日後——ルイの嗅覚を利用して道筋をたどったところ、窃盗団が根城にしているバーにゆき着いたのだという。

「アカデミーが要請したセキュリティチームについては、向こうも警戒してたはずだから、君たちが自警団にきたことで状況に変化が出ないか、兄さんを呼んで確認してたんだと思う」

窃盗団の拠点がわかったことで、メンツについての目星がついたのは大きかったと千柄は言う。各人の素性や前科についてあらかじめ調べ上げたうえで、彼らについては当日まで泳がせていたのだという。動きは常に追っていたので、警備員になり代わる案も早くから把握していたらしい。

「窃盗団が用意した人間を感知したのも君だし、君の功績は大きいよ。それに、君とすごす時間は純粋に楽しかったしね」

「俺は玩具じゃねーっつうの」

ふてくされて頬を膨らますと、くすっと口元だけで笑った千柄がまたティーカップを傾けた。

「それに実は、鴻上くんからも聞いてたんだよね。君のこと」

「え――あ、そっか。祐一とも時期被ってんのか」

「うん、ほんの少しだけどね。一尉と鴻上くんで、君を争ったとも聞いてたから。いったいどんな子なんだろうなって、すごく楽しみにしてたのに」

「のに、って何だよ」

「ガサツで品がなくて、色気の欠片も知性も感じられなくて、思考は単純そのもの。顔だけは可愛いけどそれくらいしか取り柄なさそうだなって、実は思ったんだよね最初」

「ケンカ売ってんだな？」

買う気まんまんで拳を掌に打ちつけると、それを見た千柄が「ほら、そーいう短絡的なところ」と澄ました顔で指摘してくる。

「一尉が惚れる要素がどこにあったのかわからなくて、もっと君を観察してみたいと思ったんだよ。あれのどこがいいのって一尉に訊いたら『千柄にはわからなくていい』とか言われて、よけい気になったってのもあるけど。だから、君を自警団側に回すアイディアは僕が出したんだよ」

「で、どうだったよ」

感想を求めた日夏に、千柄が「さあ」と微笑みだけで返してくる。

「でも、君といて楽しかったのは本当だよ。ていうか、反応がいちいち面白くてね。君ほどバカ素直なタイプって、いまどきめずらしいよね」

思い出し笑いの発作でも出たのか、口元を覆って横を向いた千柄に日夏は胡乱な眼差しを送った。

(こいつ、ホント……)

千柄にはさんざん振り回されたけれど、これがそもそも彼の素なのだろう。できればあまりお近づきにはなりたくないタイプだ。こんなきっかけでもない限りは。

「まあでも、一尉の気持ちも少しはわかった気が」

「しなくていいっつーの」

やけ食い気分で、千柄の分のスコーンにも手を伸ばす。それを微笑ましそうに眺めていた千柄が、ふいに萌黄色の瞳に翳りを入れた。

「――でも、あれだけは計算外だったよ。本家の命があるのに、分家の者までが君に手出ししてくるとは思わなかったから、嫌な思いをさせてすまなかったね」

カップをソーサーに戻した千柄が、改めて頭を下げようとする。それを「もーいいって」と遮ってから、日夏は残り少なくなっていた千柄のカップにポットから勝手に紅茶を注ぎ足した。

こちらを揶揄っていたかと思えば、急に真摯な態度を見せてくるのだから。日夏としては調子が狂ってしまう。これもまた千柄の素であり、彼の持つ一面なのだろう。

(こーいうところは嫌いじゃないんだけどな)

その境目がよくわからないので、ついわたわたしてしまうのだが、これから付き合いが長くなるのなら、そういったところにも少しずつ慣れていく必要があるだろう。

何しろ近い未来、親戚同士になるのだから。

「つーかあれのおかげで、丹澤が怪しいってわかったんだろ？　むしろよかったじゃねーか」

「……そこでそう言えるのが君の強さなんだろうね」

何やら小声で零した千柄が、「でも――そうだね」と神妙な顔で同意してくる。

「分家筋の者たちをまとめてるのが彼だってわかったのは大きかったよ。彼が扇動して、兄さんを持ち上げるよう仕向けてたのもわかったし。変だなとは思ってたんだよね。本家に取り入りたいなら、僕の肩を持てばいいのに。彼らはいつも兄さんにくっついてた。まるで言動を監視するみたいに」

同時に、万結に同調して一尉たちとの対立をさらに深めるのが、恐らくは「黒幕」の目的だったろうと千柄は言う。吉嶺家の対立図が注目を集めるほど、狙っている成果も大きくなるのだから。

「その黒幕が誰なのか、見当はついてんだろ？」

日夏の問いに頷いた千柄が、ややして低い声で回答を口にした。

「叔母だと思う。――僕らの母親は三人姉妹でね」

動機の面でもっとも疑わしく、かつそれだけのことを仕掛けてきそうな大胆さと頭脳が、三女にはあるのだという。自分こそが『吉嶺』の後継にふさわしかったのにというのが彼女の言い分で、数年前までは定期的に直談判をくり返していたらしい。近年は海外に住まいを移し、なりを潜めていたというが――。姿子とは六つ、粧子とは八つ年の離れた妹、貴和子《きわこ》なら。

「現宗家である母の足元をすくうためなら、あの人はどんな手段も厭《いと》わないよ」

千柄が浮かない表情で夕景を見やる。身内のごたごたに周囲を巻き込んでいるのが忍びないのだろう。しかもその身内は、ほかならぬ自分を陥れようとしているのだ。

あれから――。窃盗団の一味を警察に引き渡して、事態は落着したかに思えた。

だが、分家筋の者たちに学院側が事情を訊く段になって、全員が急に「千柄に命じられてやった」と言いはじめたのだ。千柄は「身に覚えがない」と否定したけれど、両者の主張は平行線をたどるばかりなので、明日、改めて双方に事情を訊く場が設けられることになった。そこに「裁定者」として、粧子を招く案は学院側から提示されたという。

そこで身の潔白を証明できなければ、千柄は無実の罪を着せられる可能性があるわけだ。

この事態までは一尉たちも予測しておらず、どこまでが黒幕の思惑でどう対処するのがいちばんか、リミットが迫る中、最善策を模索している最中ということになる。

「僕と兄さんが窃盗団にかかわってたと、もし『証明』されたら吉嶺本家は大打撃を受けるよ。宗家の責任問題に発展するのは必至だし、場合によっては宗家の座を追われる可能性もある。百世はまだ十歳だし、そうすれば次に跡目が回ってくるのは、三女である彼女だ」

貴和子が黒幕だと考えれば、これまでの歯車すべてが嚙み合うのに――。残念ながら彼女に結びつく証拠は、現状でまだひとつも見つかっていない。

「あの人がどうやって今回のことを仕組んだのか。おおよそのシナリオももう見えてるんだよ。でも肝心の証拠がないんじゃね」

貴和子には、千柄と同じ記憶操作系の能力があるのだという。だから彼女がどんなふうに記憶を弄って相手を操るか、千柄には見当がつくらしい。

「たとえば『約束』の記憶を刷り込むんだ。未来の日付でこういう約束をした、って。そうすればある程度は、その人をそのとおりに動かすことができる」

どんな約束を刷り込めば相手を確実に動かせるか、そこが頭の使いどころになるというが、貴和子は恐らく「弱み」をキーに使ったのだろうと千柄は言う。弱みを握られていると錯覚させれば、たいがいの者は約束をはたそうとするだろう。

それこそ必死に、たとえ罪を犯そうとも——。

「兄さんにも、きっと同じ手を使ったんだ」

いくら探っても、万結がつかまれているらしい弱みにはたどりつけなかったと八重樫には聞いている。それが万結の頭の中にしかないのなら、見つからないのも道理というわけだ。

「兄さんは家族思いだから、そこを利用されたんだと思う。言うとおりにしなければ、百世か、僕がひどい目に遭うとでも信じ込まされたんじゃないかな」

プレシャスで窃盗団に手を貸し、その後も言われるがままになっていたのは、弱みをつかまれていると思い込まされていたからだろう。

記憶操作を受けた本人以外がそれを解くのには時間がかかるという。万結の場合、操作を受けていた期間が長いからか、自身もかなり記憶が曖昧になっていて、貴和子の関与を裏づける証言は取れなかったらしい。

万結を手駒に窃盗団と接触した貴和子によって、プレシャスは破られたというのが千柄の推測だった。グロリアの窃盗計画も、裏で絵を描いていたのは貴和子に違いない、と。

「丹澤をはじめ、分家の者たちもあの人が操ってたんだと――そう思ってたんだけどね」

調べたところ、貴和子自身は期間中一度も、拠点にしているフランスを出た記録はなかったのだという。記憶操作系の能力は基本、対面でしか効力を発揮しない。

「でも、おまえは遠隔でも使えんだろ？　だったら、その叔母さんだって――」

「よく誤解されるんだけどね、僕の能力も相対して初めて行使できるものなんだよ。あらかじめ種を植えておけば、多少は離れててもコントロールできるけど」

あそこまでの多人数にあらかじめ種を植えておくのは不可能に近いと、千柄が浮かない顔で首を振ってみせる。それにたとえ事前に植えておいたとしても、万結や丹澤のように強力に操るには、やはり相対して記憶を植えつける必要がある、と。

「おまえよりも能力が高いとか」

「いや、僕よりも叔母さんの方がグレードは下だよ。グロリア在学中は、最高でビショップだったことも確認が取れてるし、僕より上ならアカデミーにいってたろうからね」

「え、じゃあ……」

「あの人が本当にフランスにいたのなら、不可能犯罪ということになる」

――でも日本にいたとなれば話は別だよ、と千柄が意味ありげに片目だけを細めてみせた。

「プレシャスの金庫室には、アカデミーの魔具がいくつか収蔵されててね」

「それって、もしかして」

八重樫に聞いた話を思い出す。そのうちのひとつに「空間移動」を可能にするアイテムとやらがあったはずだ。そんな便利なモノ自分だって欲しいくらいだ、と思わず本音を漏らすと、千柄が「それがそうでもないんだよね」と苦笑してみせる。

「移動ポイントは限られてるし、かなりの魔力を消費するから。命を縮める危険があるんだ」

「え」

「ちょっと、リスク高いよね」

長命のクラシックでもない限りは、命を削ってまで使いたがる者はいない危険なアイテムなのだという。でもそれを使えば、ひそかに入国することは可能だったろうと千柄は言う。

「それもあって、プレシャスの宝物庫を狙ったんだろうね。プレシャスの魔具は以前、博物館に貸し出されたことがあったから、そのときの目録をどこかで目にしたんだと思う」

サラブレッドの身で、この短期間にその魔具を使うのはせいぜい二回が限度だという。たった一度使っただけでも、心身にかなりのダメージをもたらすはずだから、と。

「そんなにまでして……」

やる価値があるのかと零した日夏に、「あるんだろうね、あの人にとっては」と千柄が溜め息交じりに返す。

「あの人は昔から、そういうタイプだったって聞いてるよ。自身の欲望にどこまでも忠実で、手に入れるまでは止まらないし、諦めないタチだったって。性格的に母さんとは正反対で、よく衝突してたらしいから、そういう確執も根底にはあるのかもしれないけど。それ以上に『宗家』の座に、いっそ異常なほどの執着を抱いてたって」

この数年なりを潜めていた理由はわからないが、それまでは何度も「自分の方がふさわしい」と強固に主張しては門前払いを食らうことをくり返していたという。正面からあたるのでは埒が明かないとようやく気づいたのか、今回は裏から事を操ろうとしているわけだ。

「自分が裏にいるって気づかれたら、宗家の座は手に入らないからね。証拠を残すような下手は打たないよ。命まで天秤《てんびん》にかけてるくらいだ」

「あ、でも、その魔具を持ってるところを押さえられれば……」

「もう手放したあとじゃないかな。その線では追うのは難しいと思うよ」

千柄が物憂げな眼差しで、眼下の風景を見やる。日夏も釣られたように細めた瞳で暮れゆく空を眺めていたが、ふいに思いついたことがあった。

「――つーかさ、一尉の母ちゃんがくんなら、そもそも誰も嘘はつけないってことだよな？」

分家筋の者たちがいくら千柄の関与を主張したところで、粧子がいれば嘘の証言は見抜かれてしまうはずだ。そうすれば、千柄の潔白は容易く証明されるだろう。本人の人柄はともかくとして。

（こんな強力な味方もいねーよな？）

思わず胸を撫で下ろした日夏とは対照的に、千柄の表情は浮かないままだった。

「そこが厄介なところでね。記憶を弄られてるから、本人に嘘をついてる自覚はないんだよ。はたしてそこまで踏まえて見抜ける能力なのか、わからないんだ」

「え、じゃあ……」

場合によっては、千柄の関与が裏づけられてしまうかもしれないということだ。

「分家があんな主張をすればこういう場が設けられるのは想定の範囲内だし、本家がこの問題をなるべく内々に片づけようとするのも目に見えてる。『裁定者』として、身内でもある粧子さんが呼ばれるのも見越してたんじゃないかな。だとしたら――ここまでは全部、あの人の策どおりだ」

千柄の硬い表情が、事態の深刻さを物語っていた。

「でも、おまえの言い分にも嘘はないって判断されるよな。そしたら……どうなるんだ？」

「僕の潔白が証明できない時点でかなり不利になるね。たぶんその段階で、何か決定的な証拠が見つかるように仕組んでるんじゃないかな。あの人のことだから」

現状でも、今回の犯行を千柄がお膳立てしたかのような痕跡がすでにいくつか見つかっていると聞く。時間をかければ、偽物だと証明できると八重樫は言っていたが――。

「それがインチキだってわかれば……っ」

「そんな猶予はないよ、きっと。疑わしいと思われた時点で、推定有罪になる。世の中の外聞ってのはそういうものだよ。面子《メンツ》が物を言うのが魔族界だからね。何よりも体面を気にする本家が取る手段なんて、言うまでもない」

吉嶺本家の宗家を継いだのは姿子だが、元宗家である千柄の祖母にはいまでも発言権があり、宗家の座を挿《す》げ替えるのも彼女になら可能だという。たとえデマだろうと一度世間に流布してしまえば、そのイメージを払拭するのには多大な労力と時間がかかる。

「だったら早い段階で、速やかに決断を下してしまった方が傷も浅くて済む。祖母はきっとそう判断するだろう」

そうすれば、黙っていても貴和子の元に宗家の座が転がり込んでくるというわけだ。

「……もう詰んでるってことかよ」

「そうならないよう、最大限の努力はしてるよ」

言いながら、千柄がポケットから出した携帯に目を落とした。着信メールを確認していた切れ長の瞳が、その内容を受けてか、ふっと狭められる。何事か問いかけて。

「――――」

日夏は覚えのある気配をふいに感知した。入り口付近に慌てて目をやると、サングラスをかけた人物が、キャリーバッグを手につかつかとこちらに歩みよってくるところだった。

（え——？）

予想外なことに日夏が固まっていると、近づいてきた女性が「あら」といま気づいたかのようにサングラスをずらして、千柄に目を向ける。

「こんなところで会うなんて奇遇ね、千柄」

「そうですね、叔母さん」

「やーね、そう呼ばないでっていつも言ってるでしょ」

貴和子さんにしてよ、とルージュで真っ赤になった唇が鮮やかな笑みを形作る。

（この人が……？）

驚きのあまり口を開けたままフリーズしていると、貴和子の視線が流れるように日夏を捉えた。

「誰、このアホ面してる子。あんたの彼女？」

「一尉の婚約者ですよ」

「あー、あの雑種の。そしたら、この子も雑種ってわけよね」

あからさまな侮蔑に反応することもできず、日夏は目の前の人物に見入った。

吉嶺家の遺伝子を確実に引き継いだ顔立ちに、スレンダーな体軀《たいく》。雰囲気はどことなく粧子に似ていた。モデル並みの姉には及ばないまでも、日夏よりは身長もあるだろう。ハイブランドのツーピースがよく似合っている。肩より下で内巻きにカールした艶やかな髪は、日夏と同じくらいの赤味を帯びていた。ずれたサングラスから覗く瞳は、新緑の若芽を思わせるスプリンググリーン。

見た目的には確実に初対面なのに、日夏はすでにその気配を知っていた。

「丹澤……？」

日夏が漏らした呟きに、すっと貴和子から表情が抜け落ちた。

「——彼は気配に敏感なんです。一度認知した気配はけっして忘れない」

そう補足した千柄に冷めた眼差しを送ってから、貴和子は瞬きひとつで笑みを取り戻した。

「何の話かわからないわね。あたしは、今朝のフライトで着いたばかりよ？」

「そのようですね。——ところで顔色が優れませんけど。もしかして最近、命を縮めるような真似《まね》でもしましたか」

千柄の探りに、貴和子が微笑んでみせる。

「本当に何を言ってるのか、わからないわ。千柄こそ、大丈夫？　遅い反抗期で、ずいぶんトチ狂ったことしたって聞いてるけど」

犯罪はだめよ、と貴和子が口元に手を添えながら首を傾げた。

「そうですね。叔母さんも気をつけてください。主犯は罪が重いですよ」

「あら、同じ言葉を返しておくわね」

目の前でくり広げられる寒々しいやり取りを、日夏はじっと上目遣いで見守った。

貴和子の放つ気配は、丹澤の持っていたそれと酷似している。

——というよりも、これはもう同一人物だ。

あの日、日夏にケンカをふっかけてきたときも、廊下で出合い頭にぶつかりそうになったときも、丹澤はこの気配をまとっていた。

日夏が丹澤のものと認識していた気配は、貴和子のものだったということになる。

（ということは……）

貴和子は姿を偽って、堂々とグロリアに出入りしていたわけだ。

隼人のような能力を持つ誰かの協力を得たのだろうか。だが、隼人の持つ力は規格外といってもいい。あれほどのクオリティでの『幻視』を長時間保てる能力者はそういない。それにほんのいっときならまだしも、校内で能力を使い続けるにはかなりの魔力を消費する。みだりに能力を使う者が出ないよう、グロリア内には特殊な制限がかけられているからだ。

クラシックの血を引く隼人やハイブリッドの一尉のように、よほどの潜在魔力がない限りはブラックアウトを起こしてしまうだろう。だとしたら——。

日夏の疑問に答えるように、千柄が「そういえば」とおもむろに話題を転じる。

「プレシャスから盗まれた魔具には、めずらしい物があったみたいですね。ひとつは空間転移できる指輪で、パリと東京《とうきょう》、いずれにも移動ポイントがあるって聞いてますよ。それからもうひとつは、姿写しの鏡——写した対象の姿をそっくり借りられるんだとか。こちらは特に、魔力を消費することもなく使えるらしいですね。でもどうやら、気配までは借りられないみたいだ」

千柄の言葉に、貴和子が興ざめしたように冷ややかな顔つきで顎を持ち上げた。

「あんたって昔からそう、小賢《こざか》しい子だったわよね」

「あなたもそうでした。昔から奸智《かんち》に長けていた」

しばし視線を戦わせてから、やがて千柄が「そんなに価値のあるものですか」とさきほどまでよりも柔らかなトーンで訊ねた。貴和子が吐息だけで笑ってみせる。

「ねえ言ったでしょ、何のことかわからないって。でもそうね。明日はあたし、暇してるの。よければ見守りにいってあげるわ。何だかあんたたち、ずいぶん大変みたいじゃない？」

他人事《ひとごと》のようにそう言ってから、「じゃあね」と貴和子が踵を返す。

その背中が完全に見えなくなってから、日夏は詰めていた息をようやく吐き出した。

「あれが噂の、か」

「そう。――君のおかげで助かったよ。ありがとう」

「……つーかおまえ、最初からこのつもりで連れてきたんだな？」

この期に及んでまで事前通告がなかったことを半眼で追及すると、千柄が神妙な顔で「それについては申し訳ない」と両手で拝んでみせる。

「あの人がここに現れるって情報はつかんでたんだけどね、確実じゃなかったから。――でも、さすがはハイブリッドだね。気配だけでそこまでわかるなんて、感服したよ」

そう言われても取ってつけたようにしか聞こえなくて「ホントかよ……」と半眼をキープしていると、千柄が「これは本心からの賛辞だよ」と少し困ったように笑ってみせた。

「なんだかんだで、君もハイスペックだよね。ハイブリッドのそういうところ、僕は昔から妬ましく感じてるんだけど」

「へーえ、一尉に嫉妬してるって？」

わざとそう混ぜ返すと、千柄が片眉だけを器用に持ち上げる。

「君には前にも打ち明けたでしょ？　まあ、負けてるとも思ってないんだけどね」

千柄がさきほどのメールに手早く返信を打つ。いまの結果を一尉たちに報告したのだろう。それからようやく思い出したように、サンドウィッチに手をつける。どうやら千柄なりに緊張していたらしい。お茶以外に手を出す余裕がやっと生まれたのだろう。

「さっき釘を刺したから、あの人はこれで鏡も手放すだろうね」

「え？　いいのかよ、証拠になんじゃねーの？」

「大丈夫。そっちを追っても時間の無駄にしかならないだろうし」

目的は達成できたから、と千柄がいつもの食えない笑みを披露してくれる。曰く、千柄の狙いは鏡を使用不能にすることと、明日の裁定の場に貴和子自身を引っ張り出すことだったという。

「丹澤の姿で場を掻き回すことはもうできないからね。鏡を使ってほかの誰かの姿を借りたとしても、君なら暴けると向こうも悟った。本人が乗り込んでくるしかないってわけだよ」

「そこまで考えてたのか」

「プランは常にいくつもあるよ。……できるだけ、最良の手を選びたいところだけどね」

千柄の浮かない横顔を見る限り、明日の裁定についてはまだ不安が残るのだろう。

「――いまはひとまず、ティータイムを楽しもうか」

ポットの中で濃くなったお茶を薄めてもらってから、千柄が日夏のカップを充たしてくれる。

さきほどまでは都会の街並みを赤く照らしていた夕陽だが、気づけばもう半分近くが地平線に姿を隠していた。長かった日も、秋に向けてずいぶん短くなってきたものだ。

「そういえばさ」

万結の言っていた言葉が、ふいに脳裏をよぎった。いま時分にはまだ早いが、秋の香りの代表格とも言える「金木犀」について。その意味を訊ねると、千柄が遠い笑みで眦を緩めた。

「よければ、思い出話に付き合ってくれる？」

それは弟が八歳、兄が十五歳――中等科で思春期をいちばん拗らせていた頃の話だという。

「親戚が一堂に会する催しが秋にあってね。その日は、能力が覚醒したばかりの一尉の話で持ちきりだった。でも途中で、それに引き換え本家の長男はどうだって流れになったらしくてね」

母屋に帰ってきた兄の顔を見て、ひどいことを言われたらしいと千柄は察したという。

夜になって、遠方の親戚が宿泊している離れに、万結は姿を消して忍んでいった。分家筋の者にそこまで言われる筋合いはないと、暗い顔で沈んでいた兄が何かしでかすのではないかと、千柄は幼いながらに危惧していた。布団を抜け出した兄を追って庭に出るも途中で見失い、慌てて離れまで走ったという。

木立の向こうに別棟が見えてきたところで、ふと金木犀の香りが鼻をついた。すぐそばで、ぱき、と小枝を踏む音がして周囲を見るも人影はない。

でもいまなら、まだ間に合う――そう思って口にしたのだという。

『金木犀の匂いがするね、兄さん』

呼びかけられた万結が何を思って姿を現したのかはわからないが、能力を解除した万結に千柄は笑ってこう話しかけた。

『この香りに誘われたんでしょう? 僕もだよ、兄さん』

それ以外の理由なんてないとばかりに、わざとはしゃいで兄の腕に抱きついた。橙《だいだい》色の小さな花をいっぱいに蓄《たくわ》えた枝が、夜空に大きく張り出しているのをしばらく兄弟で眺めたという。

『金木犀の花言葉、知ってるか』

そう問われて首を振った弟に、兄は穏やかに笑っただけで答えを教えてはくれなかった。「帰るか」と言われて、手を繋いで母屋に戻った。そんな出来事が、昔あったのだという。

「謙虚、気高い人――。そんな花言葉があったんだね。僕もあとで調べて知ったんだけど」

千柄の一言とその気遣いは、いまも万結の胸に大切にしまわれているのだろう。

今日、あの場でそのキーワードを聞いて、足を止めた万結の胸中を思う。

「唆《そそのか》されていたとはいえ、兄さんがプレシャスでしたことは許されることじゃないから。罪を償うことになると思う。でも唆した人物が野放しで、そのうえ成果を手に入れるなんて」

ちょっと許せないよね、と千柄があの笑みで心を鎧《よろ》ってみせる。それがなんだか危なっかしく見えて、日夏は身を乗り出すと微笑んでいた千柄の頰をつまんだ。そのまま軽く引っ張ってみる。

「無理に笑うなよ。つーかおまえ、一人じゃねーからな？」

日夏としては、励ましのつもりだったのだが――。

「顔が崩れるからやめてくれるかな」

真顔でそう返しながら日夏の手をそっと払った千柄が、数秒後に「……ていうか、こんなこと親にもされたことないし」と苦笑しながら頰をさすってみせる。

「何ていうか、君ってさ」

「何だよ」

「けっこう、いいお母さんになりそうだね」

「……だろ？」

(記憶の中に、イイお手本がいるからな)

内心だけで母の姿を思い出してから、日夏は「さっさと食っちまおうぜ」とペイストリーに手を伸ばした。その向かいで、千柄が思い出したようにまた表情を翳らせる。伏せられた視線が、カップを充たす琥珀《こはく》色の水面に据えられた。萌黄色の瞳までが揺らいでいるように見える。

「――君らには、本当に悪いと思ってるんだよ。こんな家のゴタゴタに巻き込んでしまって」

「もういまさらだし、問題抱えてんのなんてべつに『吉嶺』に限んねーだろ？」

日夏の関係する『椎名』家だって、東と西で分裂して早数十年。いまだに自分たちこそが「本家」だと主張し合っては何かと対立している。名家などと呼ばれる家筋はたいがいどこも、内情は醜くドロドロしているものだ。

「身内の足の引っ張り合いなんて、魔族のお家芸みてーなもんじゃん」

「そう言ってもらえると、少しは気が楽かな……」

「ぶっちゃけさ、おまえ自身は母親のこと、どう思ってんの？」

日夏としては、宗家としてではなく母親の意地でエリートコースを歩まされてきたことについて訊いたつもりだったのだが、千柄の答えは違う側面からのものだった。

「不器用な人だなって思ってるよ。宗家としての顔と母親としての顔をうまく使いわけられなくて、あの人は母親の顔を捨てたんだ。少なくとも、妹が産まれるまではね——。だから僕ら兄弟は、あの人の母親の顔をほとんど見たことがないんだ」

母親に愛されてないから——と、そう口にした一尉の顔をふと思い出した。

「宗家の座なんて、あの人が望んで得たものじゃないのに……。託されたからには徹するしかなかったんだって、いまなら僕も兄さんもわかるんだけどね。宗家たろうとする母の足を引っ張らないことだけが、子供時代の僕らに望まれた唯一のことだった」

「恨んでたりする？」

「母を？　まさか。尊敬してるよ、いまではとてもね」

自分には向いていない家長の座を務めるために、様々な物を捨てて懸命に踏ん張る姿をずっと見てきたからね、と千柄が俯きながらも柔らかな笑みで口角を緩めた。

「――だから、よけいに許せないんだ。母の苦労をろくに汲みもせず、批判ばかりする叔母のスタンスが。何を根拠に、自分の方がふさわしいなんて言えるんだろうって」

理解に苦しむよ、と零した千柄が表情に苦みを織り交ぜる。

「もちろん、あの人にはあの人の言い分があるんだろうけど。聞く気はないよ。僕はどうしたって母の味方だから」

「……家族って、何かと面倒なもんだよな」

思わず口をついて出た感慨に、千柄が苦笑を浮かべながら「本当にね」と同意してくれる。

「それにしてもその食べっぷり、食欲だいぶ戻ったんだね」

「おう、おかげさまでな」

この場にいないルイを思わず憐れんでしまうほどの味わいを心ゆくまで堪能していると、千柄の携帯にメールが届いた。一読したその表情から、朗報らしいことを知る。

「どうやら、思いがけない援軍が現れたみたいだよ」

その口ぶりには安堵がにじみ出ていて、釣られて日夏までがほっと息をついていた。

「んじゃ、早く帰って作戦会議だな」

ゆっくりと沈んでいく夕陽を横目に、日夏は可及的速やかにスイーツを片づけた。

――翌日、学院側による事情聴取は定刻どおりに開始された。

グロリアの会議室に集合したのは最低限の関係者のみということだったが、それでもけっこうな人数が集まったのは、事が名家の沽券《こけん》にかかわることだったからだろう。

ロの字型に組まれたテーブルの右側に並ぶのが、千柄をはじめとする『吉嶺』本家の面々。千柄の隣に座るよく似た面差しの和装の女性が、現宗家の姿子なのだろう。側近らしき女性が三人並び、その次に万結、一尉が続く。日夏はその婚約者という名目で一尉の隣に並ぶことを許された。対する左側には、分家筋の面々が顔を揃える。七人いるそのいずれもが、千柄の関与を主張したわけだ。その中には丹澤の姿もある。さらに末席に、分家を取りまとめる立場にいるという年配の男が座っていた。寝耳に水で呼び出されたのか、怪訝そうな顔つきで「本家VS分家」という図式を眺めている。

両者の間を取りなすように中央奥に座るのが、学院長と教頭。そしてその隣にいるのが粧子だった。いつもと変わった様子もなく、粧子は飄々《ひょうひょう》とした態度でそこに座っていた。今日の髪色はアッシュがかったダークブラウンで、瞳はきっとこれが素なのだろう、若草色をしている。先日までと違い、今日は体に沿った細身のパンツスーツに身を包んでいた。

はじめに「裁定者」として粧子が紹介され、学院長が恐らくは形式どおりに、けれど念を押すように「親族だからといって肩入れすることはありませんね」と粧子に確認を入れる。

「こちらもビジネスですから」

冷めた笑顔でそう請け負った粧子が、ふいに出入り口に目を向けた。開始から五分経ってようやく顔を見せた貴和子が、場の注目を浴びながら本家側の末席に収まる。日夏の隣ではなく、いちばん端の席を選んだのは傍観者のつもりでいるからだろう。貴和子の登場を宗家は聞いていなかったのか、不審げに眉を顰めるのが見えた。対する貴和子は素知らぬ顔で座っている。

まずは千柄の証言がはじまり、ところどころで粧子の裁定が入った。判定はいずれも「真実」――千柄は嘘をついていないことがこの場で明らかにされた。

続いて分家筋の証言がはじまる。数人を終えたところで場がにわかにざわつきはじめたのは、千柄の証言とは相反する言い分のどれもに、粧子が「真実」の判定を下したからだ。

(やっぱりか)

千柄が危惧していたとおりの結果だ。本人に嘘をついている自覚がない限り、粧子の能力ではその真偽が見抜けないということだ。予想していたことではあるが、厄介な事態だ。

末席にいる貴和子がうっすらと口角を持ち上げる。向こうとしては予定どおりなのだろう。

「これはどういうことですか」

教頭の小声の問いかけに、粧子が涼しい眼差しを返す。

「さあ。私は判定の結果を述べているだけなので」

分家の六人までを終えたところで、場の混乱を収めるために休憩を入れることになった。

退室したメンツが隣の控室に入るのを見届けてから、日夏たちは状況を整理するために廊下の片隅に集まった。後半の段取りを確認する一尉と千柄の会話を見守っていると、ふと背後から視線を感じた。振り返ると、分家筋の中で一人だけまだ証言をしていない丹澤が控室に入るところだった。こちらに向けて目礼してきた丹澤に、日夏もまた小さく頷いてみせた。

——昨日、千柄が言っていた「援軍」とは彼のことだった。

事件後の取り調べでは、先陣を切るように「千柄に指示された」と主張していた丹澤だが、あれは姿を変えた貴和子だったことが昨日の彼女の言動から確定している。——丹澤の挙動に日夏が不審を覚えたあの日以来、プレシャスから盗まれた鏡の件と併せて、一尉たちは彼をマークしていたのだという。貴和子によって入れ替わりは巧妙に行われていたのでその尻尾を捕まえることはできなかったが、彼がもしかしたら鍵になるかもしれないとは想定していたらしい。

貴和子が昨日の朝入国したと語った件については、八重樫がそうそうに裏を取っていた。記録上はもちろん、監視カメラの映像にもきちんと映っていたらしい。その点は向こうも抜かりない。恐らく前日の夜に指輪でフランスに帰り、トンボ返りで日本に戻ってきたのだろう。その後、丹澤の姿でグロリアに赴き、犯行を見届けようとしたわけだ。

指輪の影響を考えるととんだ強行軍だが、貴和子の執着を考えればそれくらいはやるかもしれないと思えた。それに決行当日の昂奮《こうふん》もあいまって、きっと疲れなど感じている場合ではなかっただろう。長年の夢を手に入れるための、大きな一歩をようやく踏み出せるのだから——。

けれどその高揚が、彼女の計画にわずかな綻びを生じさせた。

丹澤との入れ替わりが、あんなふうにバレるとは彼女も想定していなかったはずだ。その分、彼に対する記憶操作が甘くなっているのではないか、と推測したのは一尉だった。千柄からの連絡を受けて八重樫が本人宅を訪ねたところ、彼は昨日「一日中、図書館で受験勉強をしていた」と答えたのだという。試しに訊いてみたところ、彼は貴和子が接触してきたことを覚えていた。

曰く、貴和子は彼の家庭教師なのだという。彼の中では放課後はいつも個人授業の時間で、毎日のように世話になっていると思い込んでいたらしい。その言から、授業を受けていたのは丹澤自身で放課後の時点で貴和子と入れ替わっていたことも判明した。自警団については誘われはしたが、勉強のために辞退したと本人は語ったらしい。貴和子がそう刷り込んだのだろう。

昨夜の時点で日夏も丹澤と顔を合わせたが、貴和子のなり代わっていた丹澤とはだいぶ印象が違ったので最初は驚いたものだ。丹澤本人はインテリタイプで、プライドの高さからか言動に多少の高慢さがにじみ出るものの、日夏に食ってかかったような激しさとは無縁の物静かな男だった。

状況を説明すると最初は懐疑的だった丹澤だが、自身に濡れ衣が着せられていることを知ると、協力を申し出てくれたのだ。貴和子の接触について証言する、と。

丹澤の証言が「真実」だと判断されれば、貴和子の関与を証明することができる。本人がこの場にいる以上、貴和子にも話を聞く流れになるだろう。そこまで持ち込めれば、事態を引っくり返すのは簡単だ。貴和子の能力は自身には使えない。粧子の能力を誤魔化すことはできないのだから。

教頭の呼びかけで、事情聴取が再開される。

名前を呼ばれた丹澤が立ち上がって、その場で背筋を伸ばした。

貴和子の企《たくら》みもここまでだ。もうじき、すべてが明るみに出るはずだ。丹澤が開いた口から、これまでの六人とは違う「真実」が語られるものとばかり思っていたのに——。

丹澤が語り出した言葉に、日夏はただ驚くことしかできなかった。

(なんで……)

丹澤の主張を受けた粧子が、眉ひとつ動かさず「真実」だと判定する。

「——以上、すべては吉嶺本家の次男である彼の能力によって強制されたことを告白します」

これまでの分家筋の者たちと同様、丹澤は千柄の関与についてそう証言した。

場がまたもざわつく。着席した丹澤が、うっすらと誰かに向けて微笑みかけるのを日夏は見た。その先には、毛先のカールで退屈げに手遊びしている貴和子がいる。昨日とは違うルージュの引かれた唇が、応えるように口角だけを引き上げた。

(……こいつら)

二人がひそかに共謀していたことに、いまさら気づいたところでもう手遅れだった。

笑みを交わし合っていた雰囲気から察するに、丹澤は貴和子の能力に操られているわけではなく、自らの意思で協力しているのだろう。貴和子について証言するという、その申し出自体が彼女の仕掛けた罠だったというわけだ。

「……惚れ薬か」

一尉が苦い声でそう呟く。記憶操作による刷り込みではなく、秘薬の効能によって丹澤は貴和子の虜《とりこ》と化しているのだろう。貴和子を見つめる眼差しには熱がこもっていた。

(いや、でも待てよ?)

場がますますざわつく中、ふいに飛来した疑問が日夏の頭に引っかかった。

丹澤の証言は、ほかの者たちのように記憶を弄られたものではなく、明らかな「嘘」だ。なのに粧子は涼しい顔で、それを「真実」だと判定したのだ。

「それって、まさか……」

粧子までが、貴和子の計画に加担しているのだろうか。

もしそうだとしたら、これはどう転んでも勝てないゲームとなってしまう。一尉が苦々しい顔つきで母親を見る。涼しげな顔で前を向いていた粧子が、息子の視線に気がついたのか、こちらを見て片頬だけで笑ってみせた。

本家と反りが合わず、姿子に対抗されるのをうるさいと感じていたとしたら——。こんな形で意趣返しをする可能性もなくはないのだろうか。もしそうなら、千柄の冤罪《えんざい》はもはや確定事項だ。

まるで挑むように一尉を見ていた粧子が、ふいに貴和子へと視線を移した。両者の視線が絡み合う。同じ秘密を共有するかのような微笑みは鏡に映したようにそっくりで、姉妹であることを強く感じさせた。その間に挟まれる形で、表情を失った姿子が俯いてこめかみに手を添えている。

隣で何か言おうとした千柄を、姿子が仕草だけで制した。息子の言葉よりもこの状況を重視しているのだろう。三人の側近が、落ち着かなげに宗家の様子を窺っている。

（このままじゃ……）

千柄が危惧していたとおりの結果になってしまうだろう。彼の輝かしい経歴に、明らかな汚点がつくことになる。同様に、『吉嶺』家の名誉にも——。

暗澹たる未来に打ちひしがれたように、姿子が両手で顔を覆った。対照的に、貴和子の微笑みが艶やかさを増していく。その両方を一瞥した粧子の口元から、すうっと笑みが消えていった。

唇だけで何事か囁いた粧子が、今度は目を伏せて自嘲を浮かべる。

「——静粛に」

混乱した場を鎮めるように響いたのは、教頭ではなく粧子の声だった。

「ただいまの判定をすべて『真実』から『嘘』に訂正致します」

丹澤の証言について、粧子が涼やかな顔で裁定を翻す。え、と声を上げて固まった丹澤が、縋るような眼差しを貴和子へと向けた。眉を顰めながらも、赤い唇はそれでも笑みを象る。

そんな貴和子を見つめながら、粧子がやれやれと小さく首を振ってみせた。

「詰めが甘いよ、貴和子は」

粧子が胸ポケットから取り出した機器を机上に置く。ライターよりやや大ぶりなそれが、ボイスレコーダーであることを、粧子が再生ボタンを押したことで全員が知る。

機械越しだとわかる少し割れた声は、貴和子のものだった。

――例の件、頼んだわよ姉さん。

――例の件？

そう返す声は粧子のものだ。

――とぼけないで。偽証の件よ。「裁定者」として呼ばれたら、あたしに不利な裁きはしないって。そう約束してくれたわよね？

――不利って、私に嘘をつけっていうこと？

――そうよ、そう頼んだでしょ。

そこで音声を止めた粧子が「このように、末の妹に偽証を頼まれましてね」と買収の持ちかけがあったことを明らかにした。

けれど、それに応じる気はなかったこと、自分は誰に対しても常にフェアな判断を下すことをこれからも約束する、と粧子が冷めた笑みを浮かべながら、ぐるりと場を見渡す。

しばらくの間、誰も口を開こうとはしなかった。急転した事態に、ついていけなかった者がたいがいだったろう。重苦しい沈黙を破ったのは、かすれたアルトだった。

「……そっちから持ちかけてきたくせに」

カリ、と異質な音がして目を向けると、貴和子が親指の爪を噛みながら粧子を睨み据えていた。

「言いがかりはよして欲しいね」

歯牙にもかけない粧子の態度に業を煮やしたように、こんどはパキッと甲高い音がした。見た感じ恐ろしく手の込んでいそうなネイルの装飾を、貴和子の歯が惜しげもなく破壊する。ぽろりと零れ落ちた小さなパーツが、机に転がった。光の加減でそれがキラキラと瞬く。

「あんたがそうまでして執着する理由が、私にはわからないよ。そんなに価値のあるもの？」

言いながら首を傾げた粧子が、貴和子に向けて憐れむような眼差しを投げかける。

「――そうでしょうね。投げ捨てた姉さんなんかにわかられたくもないわ」

ゆっくりとその場に立ち上がった貴和子が、殺意のにじんだ双眸を一心に粧子へと向けた。

「姉さんみたいな異分子が、どうしてうちに生まれたのかしらね。一族の面汚しはどこまでいっても変わらないんだわ。頼ったあたしがバカだった」

その後に続いたどんな罵りにも、粧子は軽く首を竦めるだけだった。それを射殺せそうな眼差しでしばし見つめてから、貴和子がもう一人の姉へとさらに情念のこもった瞳を向ける。

「でも、いちばん許せないのは姿子姉さんよ。消去法で手に入れた座だからって、何だって言うの？二番手でも手に入るだけマシじゃない。このうえない幸せだと思いなさいよ」

投げつけられた言葉に、和装の肩がほんの一瞬だけ揺れた。

「そんなに不満なら、さっさと退けばいいのに。愚痴だらけで居座られても、周りが迷惑するだけよ。見苦しいったらありゃしない。そんなのが宗家？　笑わせないで」

「――……」

妹からの非難に何か言いたげに口を開いた姿子が、思い留まるように唇を引き結んだ。それを冷めた目で見返した貴和子が「ほら、ろくに言い返せもしない」と勝ち誇ったように腕組みをする。

もはや取り繕う気はないのか、貴和子が一族の視線を一身に浴びながら「ええ、そうよ。あたしが裏で仕組んでたのよ」と高らかに笑いながら自供をはじめた。

突然はじまった姉妹の確執に、学院長と教頭の二人が困惑げに顔を見合わせる。その心境は日夏も同じだった。貴和子の剣幕に圧されて、椅子にもたれたままポカンとしていると。

（ん——？）

急に貴和子がこちらを向いて、意味ありげに微笑んできた。

バッグから取り出した何かを、日夏に向かって放り投げてくる。反射的に受け取ったそれが何であるか、感触だけではわからなくて目線を落とす。

「え」

それは、カバーつきの果物ナイフだった。

こんな物を急によこしてきて、いったいどういうつもりなのか。

「——……？」

意味がわからなくて首を傾げている間に数秒が経った。

やがて焦れたように「……ちょっと何してるのよ」と、貴和子が眉間にしわをよせた。

「あの日、あたしと約束したわよね？　忘れたなんて言わせないわよ」

「約束？」

そんなことを言われても、日夏には思いあたる節がまるでなかった。そもそも貴和子とは昨日会ったばかりだ。もっとも、本人の姿では——という注釈がつくわけだが。

「そのナイフを手にしたら、やるべきことがあったはずよね？　いまがそのタイミングよ」

重ねて言われたところで、日夏の頭上に浮かぶ疑問符が増えるばかりだった。

（何言ってんだ、この人？）

思わず首を捻ると、その挙動に初めて貴和子が動揺の色を見せた。椅子を鳴らして後ずさった貴和子が、信じられないものを見るようにこちらを見つめてくる。

「どういうこと？　まさか効いてないなんてことが……」

状況を否定するように、貴和子が首を振ってみせる。それからおもむろに、瞳の奥に光を入れた。

日夏の瞳をじっと見つめてくる。それを怪訝に思って見返していると。

「無駄ですよ、叔母さん」

貴和子の視線を遮るように、一尉の掌が日夏の両目を背後からそっと覆い隠した。

「いくら試したところで、彼に記憶操作は効かない」

そのまますするりと落ちてきた一尉の手が、日夏の手からナイフを引き取っていく。

（あ、そーいうことか）

ようやく腑《ふ》に落ちて、日夏は知らず強張っていた肩から力を抜いた。

貴和子が日夏に能力をかけたとしたら、あのときだろう。丹澤の姿でいる貴和子に絡まれたあの日だ。何かあったときの保険として、日夏にこのナイフで何かをさせる気でいたということだ。もしも耐性がなかったら——。いまさらながら、背筋に冷たいものが走った。

事態をようやく把握した面々が、一気にざわつきはじめる。

「——お集まりの皆さま」

凛とした発声がふいに場を制した。

「これより先は内輪の問題となりますので、この場はお開きとさせてください」

立ち上がった姿子が、学院長たちに向けて深々と頭を下げる。それから元どおりまっすぐに背筋を伸ばすと、側近たちに小声で何事か命じた。一人は携帯を片手に外へ、もう一人は貴和子の元へと速やかに歩みよる。逃げ隠れする気はないのか、貴和子に抵抗する気配はなかった。最後の一人が分家筋をまとめるのを見届けてから、退室しようとしていた粧子を姿子自身が呼び止める。それから学院長たちに、一族の不始末を詫びながら改めて頭を下げた。

その采配を見るともなしに目で追っていると、途中で振り返った姿子が一尉に向けても頭を下げた。立ち上がってお辞儀を返した一尉に倣って、日夏も慌てて起立するなり小さく頭を下げた。それに応えるようにかすかに頷いてから、姿子は会議室を出ていった。万結を連れた千柄がそのあとに続く。扉を出る間際、首だけで振り返った千柄が、日夏たちに向けてきたのは素の微笑みだった。

「えーと……これで終わった、んだよな？」

「うん、ようやくね」

椅子の背につかまりながら、ほっと安堵の息をつく。それが一尉の零した嘆息と重なって、思わず顔を見合わせて笑った。

「お疲れさま」

「……そっちこそ」

気がつけば二人きりだったので、何となく手を繋いで部屋を出る。こんなふうに触れ合うのが久しぶりな気がして、ほんの少しだけ手に力を込めると、それに応えるように一尉が恋人繋ぎにしてきた。日曜日の校内が無人に近いのをいいことに、そのまま廊下を歩く。昇降口まできたところで、千柄からのメールが一尉の携帯を鳴らした。吉嶺家の面々は、これから場を本家に移して親族会議をはじめる予定でいるという。

「おまえは出なくていいのかよ」

「俺は、親族に数えられてないから」

そう答えた一尉の横顔は、何だかやけに清々《せいせい》として見えた。吉嶺家の御家騒動から解放されて、ほっとしているのだろう。考えてみれば、始業式前から一尉はずっと巻き込まれていたのだ。

「まあ、ちょっとした親戚付き合いはこれからも続くだろうけどね」

さきほどの宗家の態度を見る限り、これまでとは違う関係性になっていくのではないか、そんな気がした。千柄との関係が良好なことも、きっとプラスに働くだろう。

「それは俺も含めてだろ？」

　吉嶺家に婚約者として認知されたからには、自分の同伴はもはやお墨つきと言っていいはず。何かあっても一緒についてくから安心しろよと言うと、一尉が目を細めて笑った。

「頼もしいね、それは」

　本校舎から正門へと続く並木道を歩いていると、後ろからきた数台のハイヤーが日夏たちを追い越していく。吉嶺家の面々が分乗しているのだろうそれを見送ったというのに、親族会議に召集されたはずの粧子に呼び止められたのは、門まであと少しというところだった。

「いかなくていいんですか」

　プラタナスの陰から現れた母親に、一尉がいつも以上に冷ややかな眼差しを注ぐ。

「本家の話し合い？　あんなのバックれるに決まってる」

　当然のように言いきってから、粧子が片目だけを眇めて空を見上げた。今日は曇りで、一面に真っ白な雲が広がっている。それを眩しそうに眺めてから「まあ千柄はともかく、見殺しにした万結には何か埋め合わせを考えるつもりだけどね」と、粧子がいつになく張りのない声で呟いた。

「すべて知ってて、黙ってたんですね」

　一尉の問いかけに「だったら何」と、粧子が片眉だけを上げてみせる。

「どうして誰にも言わなかったんですか」

「少なくともヒントはあげたはずよ。それにあんたたちだって、私に何も言わなかった」

だからお互い様だと、粧子があからさまな詭弁《きべん》で一尉を煙に巻こうとする。

「――あなたはこの結末を、最初から『予定』してた。だからあんな切り札を、今日まで隠し持ってたんだ。その理由くらい、聞かせてくれてもいいですよね」

それには乗らず一尉が重ねて訊ねると、粧子がふっと薄笑いを浮かべた。

「まあ、そう怒るなって。嫁を危険な目に遭わせる気はなかったんだから。その点は計算外」

粧子の視線が、意味ありげに日夏を一瞥する。

「でも、その特技が有利に働くことは、あんただって織り込み済みだったわけでしょ」

「……じゃなけりゃ、最初からかかわらせてない」

低めた呟きは一尉の本音なのだろう。なるほど、そこまで計算されていたのかと横で思いながら、それでも万が一の可能性を一尉が考慮していたことを日夏は知っている。

そうでなければあのとき、日夏の目を塞いだ手が震えていることはなかったろう。

「私が静観してた理由は、貴和子にそろそろ痛い目を見てもらいたかったからだよ。さすがに、越えちゃいけない線ってのはあるからね」

プレシャスの事件が起きた時点で、粧子は貴和子の関与を疑っていたのだという。兄弟がグロリアに揃った時点で貴和子に接触し、買収を持ちかけたのは自分の方だったと悪びれたふうもなく白状してみせる。だから貴和子は、粧子の前であんな不用意な発言をしたのだろう。

「まあ、あとは姿子に借りを返したかったから、かな」

「借り？」

意外な言葉に思わず首を傾げると、粧子が軽い調子で笑ってみせた。

「私の代わりに跡を継いでくれたからね。考えてもみなよ。あの子が継がなかったら、残りの選択肢は貴和子だけよ？　あの子はまだ若かったし、それ以上に素質がなさすぎた。そしたら私が、無理やりやらされてた可能性もあるってわけよ」

考えただけで恐ろしい、と粧子が芝居がかった調子で自身の肩を抱き竦める。

「だから、私が自由なのはあの子のおかげ」

その恩返しみたいなものよ、と粧子がいつになく優しい眼差しでまた空を見上げた。

「姿子は、充分に宗家の役割をこなしてると思うけどね。母が口を出してないのは、その証拠よ。貴和子は何ていうか、昔から思い込みと執着が激しくて、傍で見てる分には面白いんだけど」

「巻き込まれる身としてはたまったもんじゃない」

そう続けた一尉に「ホントそれ」と、粧子が苦笑で片頬だけを歪めた。

「――ついでに白状すると、貴和子にこんな企みを思いつかせたのは私かもしれなくてね」

「どういうことですか」

「あの子、子供ができない体なのよ」

粧子が空を見上げたまま、その眼差しに若干の憂いを乗せる。

「それがわかったから、居た堪れなくて海外に引きこもってたんでしょうね。自身の血が残せないなんて、宗家としては致命的だから」

（ああ、……そっか）

貴和子がなりを潜めていた期間には、そんな事情が隠されていたのだろう。

『世の中ってのは不公平にできてるもんだよな』

あの日、丹澤の姿で零した貴和子の本音が耳元に蘇った。

「去年向こうで偶然会ったとき、そう聞いてね。あまりに覇気がなかったから、つい気紛れを起こしちゃったってわけ。養子を取る手もあるんじゃない？　なんてね」

見事に裏目に出てるし、と瞑目した粧子が反省するように小さく息をついた。

どうやら今回の一件は、粧子の一言がきっかけになっていたらしい。計画に従って姿子を追い落としたあとに、直系の血を引く百世を養子に取れば、確かに貴和子の身でも宗家として認められただろう。理屈の上では、だが。

「先々代に対する憧れが強すぎんだろね、あの子は。祖母は確かに偉大な宗家だったけど、そのせいで失ったものも多かったって本人が言ってんのに。そういうところには耳を貸さないんだから、困ったもんよ。――不肖の妹が、迷惑をかけてすまなかったね」

粧子がおもむろに頭を下げてみせる。「まったくです」と厳しい顔つきで応じた一尉に、粧子は顔を上げるなり「でも、あんたも詰めが甘いよ」と急にダメ出しをはじめた。

「私がいなかったらどうなってたと思う」

「お言葉ですが、あなたが偽証なんかしなければこうはなってない」

「つまり、私の良心に助けられたってことになるな？」

「そんなたいそうなものですか？　誰もがふつうに持ち合わせてる良識のはずですけどね」

平行線の主張を戦わせたのち、母子が視線の間に激しい火花を散らせる。

（こーいうとこ、似てるよなこの二人も）

双方が自覚しているかは不明だが、さすがは親子といった雰囲気がある。

「とにかく。これでもう、しばらくは顔を出す予定もないですよね」

平穏な生活を送りたいからぜひともそうして欲しいと頼んだ息子に、母は意地悪く笑ってみせた。

「孫が産まれたら、そうもいかないよ」

「……たいして興味もないくせに」

迷惑げにそう零した一尉に、粧子が「あーそれ、その顔」と人差し指を突き出す。

「あんたのそーいう顔見んの、楽しくなってきちゃってね」

「――わかりました。次からは迷惑料取りますんで」

本気だとわかる口調でそう告げた一尉が「いこう、日夏」と門への歩みを再開する。

「これ以上は時間の無駄だから」

「え、あ、おう」

肩を並べて数メートルほど歩いてから、おもむろに後ろを振り返る。まだこちらを見ていた粧子がひらひらと手を振ってみせた。同じ仕草を返してから、日夏は隣で仏頂面をしている一尉に目を向けた。粧子の言動に辟易《へきえき》としているようだが、その様は何だか拗ねているようにも見える。

「あの人のこと、面倒だとか、ウザいって思ってんだろ？」

「それ以外の形容詞が思いつかないよ」

首を振って嘆いた一尉に、日夏は「でもさ」としたり顔でアドバイスを送った。

「家族って、そーいうもんだぜ？」

だから諦めろと続けた日夏に、一尉が複雑な顔つきで足を止める。振り返った先にもう粧子はいなかったけれど、誰もいない空間をしばらく眺めていた一尉が、やがて再び首を振ってみせた。

「やっぱり迷惑以外の何物でもないよ」

「だよな、めっちゃわかる。うちの親父を見てみろよ、ウザいの塊だっつーの」

惣輔のウザさと粧子の厄介さはまた別物だが、根底にある気持ちは同じものという気がしてならなかった。かつて、一尉は母親に愛されていないと語ったけれど。

（意外にそうでもなさそうだよな……？）

粧子は粧子なりに、一尉のことを案じているのではないかと日夏には思えた。あの性格だから、粧子の本心を探るのは難しそうだが、時間をかけて少しずつ、知っていけばいいと思う。

「——家族か」

手を繋いで門を潜りながら、一尉が吐息交じりにそう呟いた。

7

窃盗団についても、吉嶺家の御家騒動についても決着がついたいま——。

(残るのはこれだけだな)

夕食後になって、日夏は一尉に「話がある」と切り出した。

ソファーに座ってタブレットの画面をタップしていた一尉が、日夏の顔を見て何かを察したように、作業を中断して端末をローテーブルに置いた。

「いよいよだね」

「ん……」

日夏の手には、あと一回分を残した検査薬がある。

「最後の検査をする前に、おまえに訊きたいことがあってさ」

一尉に視線で促されて、その隣にすとんと腰を下ろすと、日夏はここ数日ずっと考えていたことを順序立てながら口にした。

「あのさ、おまえは俺の意思を尊重するって言ってくれたけど——」

互いに体を向き合わせながら、真摯にこちらを見つめている藍色の瞳をじっと見つめる。

「おまえ自身はどう思ってんのかなって」

この数週間、日夏の胸にずっと居座っていたモヤモヤの正体——それが何なのか、今日になってやっとわかった気がしたのだ。どうしたいのかと訊かれて、日夏はそれに答えた。けれど一尉の答えを、自分はまだ聞いていないのだ。

「俺の気持ちを考えてくれたのはすげー嬉しいんだけどさ、俺はおまえの気持ちも知りたいよ」

いつか一尉が言っていたとおり、肉体的な負担は自分にかかるものだけれど。でも。

(二人の子供なのに)

一尉自身の意思が見えなくて、それが自分の中の不安に繋がっていたことに、ようやく気がついたのだ。自分は産みたいと思ったけれど、はたして一尉はどうだったのだろうか。

「……うん」

一尉の眼差しが、ふっと伏せられる。髪色と同じ、チョコレート色の睫を間近で見つめる。冴えた真冬の湖面のように、静かな藍色の瞳が再び日夏を捉えるまで——。

時間にして、ほんの数秒だったろうか。

でもそのわずかな間がはてしなく長く感じられて、日夏は緊張しながら一尉の言葉を待った。

「あのね、日夏との間に子供が持てるのは、本当にすごく嬉しいんだよ」

そう前置きしてから、一尉が小さく息を吸う。そして覚悟を決めたように、あとを続けた。

「でも正直に言えば、日夏と二人だけの時間をまだ楽しんでいたかったな、っていうのはあるよ」

「うん」

「子供はもちろんいずれ欲しいと思ってたけど、まだずっと先のことだと思ってたし。いざ持つならやっぱり準備万端で迎えたかったから」

そういう意味では覚悟も準備も、何もかも足りてない現状には自分も不安がある、と一尉が眉間を曇らせながら素直な胸のうちを明かしてくれる。

「きれいごとや理想論だけでは済まないこともいっぱいあるだろうし」

「……一尉」

(そうだよな——)

覚悟と勢いさえあれば、とりあえずはどうにかなると日夏はどこかで楽観視していたけれど、一尉の方がずっと具体的に先を見据えていたのだろう。

「でも、結論は日夏と同じだよ」

縁があって授かった命なら、祝福してこの世に迎えてあげたい——。

「俺はそうじゃなかったから、よけいにそう思うんだ」

まるで些細なことのように、一尉の口ぶりはさらりとしている。

それがなおさら、日夏の胸を締めつけた。

「——……っ」

反射的に抱きつくと、一尉が驚いたように腕の中で短く息を吸った。

「ハイブリッドだろうと、どんな血を引いてようと関係ない。おまえはこの世でたった一人の、大切な存在だって言ってやろうな」

できれば、幼い日の一尉にそう伝えたかった。でも、叶わないから。

「産まれてきてくれてありがとう、って」

そう伝えような、と腕に力を込めながら、日夏は一尉の肩口に額を押しつけた。

「——うん」

日夏の背中に回された腕が、応えるように強く抱きしめてくる。

准将と粧子の火遊びに手違いがなければ、思いがけない妊娠に粧子が気紛れを起こさなければ——。

それ以外にもたくさんの偶然が重ならなければ、自分たちは出会うことすらなかったかもしれない。

(でも、何となく)

一尉とは出会うべくして出会ったんだという自負と自信が、日夏にはあった。

根拠なんてゼロだし、言葉でうまく説明することもできないけれど。

一尉に出会えなかった人生なんて、もはや想像もつかない。この先の未来のどんな日を思い浮かべても、自分の隣にはいつも一尉がいる。

それはすごく幸せなことなんだなと、急にしみじみとした実感が湧いてきた。

「こういう気持ち、もっと言葉にすればよかったね」

そっと腕を解くと、一尉が自省するように藍色の瞳を翳らせた。

「日夏にだけ結論を押しつけるようなことして、本当にごめん……不安にさせたよね」

その点は確かなので「そこは反省しろ」と促すと、一尉が弱った顔つきでこちらを窺ってきた。

「俺の弱さに呆れた……？」

「んー……呆れはしてねーけど」

日夏を思うあまり一尉の結論が独りよがりになりがちなのは、いまにはじまったことではない。どういうときに一尉が空回りしがちなのかも、この数ヵ月でだいぶ見えてきた気もするし。

「バカだなぁとは思ってるかな」

神妙な顔で「——バカ」と復唱した一尉の鼻先をつまみながら、日夏は苦笑してみせた。

「だけど、そこはお互いさまっつーか」

相手のことを思いすぎるあまり周囲が見えなくなるのは「あたりまえのことなんじゃねーの？」とつけ足すと、一尉がようやく眼差しを緩めた。

「あたりまえ、か。——きっとそういうあたりまえを、俺はいろいろ知らないんだろうね」

「一尉？」

「俺にとっては日夏が、初めての『家族』だから」

「——……」

言葉に詰まった日夏の額に、一尉がそっと唇を押しあてる。

「日夏に会えてよかったたって、思わない日は一日だってないよ」

「……そんなの、俺だってそうだっつーの」

一尉の薄い唇が、綻ぶように笑むのを間近で見つめる。

少し目線を上げれば、右目の下にぽつんと散ったホクロがある。涙に例えられるそれに指先で触れると、くすぐったそうに一尉が右目だけを細めた。

他愛ない触れ合いの幸せが、じんわりと胸のうちに広がっていく。

「んじゃ、いってくるわ」

それを噛みしめたところで、日夏はソファーを立った。心配げについてこようとする一尉を「平気だから」と制してから、最後の検査に臨んだ。その数分後――。

「――――」

その判定結果を手に、日夏はどういう顔をしていいのかわからないままリビングに戻った。

「トータルで白って結果出たけど、これってどっちなんだっけ……？」

途端、一尉の表情がほっとしたように緩んでいった。

同時にどこか残念そうにも見える面持ちで「陰性だよ」と教えてくれる。

「つまり？」

「妊娠してない。今回は」

「そ、……っか」

ようやく判明した結果に、日夏はその場でラグマットに膝をつきそうになった。危ういところで一尉に支えられて、ソファーに誘導される。

「なんか、力抜けちゃって——」

「わかる。俺も」

二人で並んで座りながら、互いに何とも言えない表情で顔を見合わせる。

「……正直、妊娠してなくてホッとしたけど」

でもすごく残念な気もして複雑だと告げると、一尉が「俺も、そんな感じだよ」と藍色の瞳を細めてみせた。父親になるかもしれないという可能性に確かに喜びを感じたけれど、やはり戸惑いも大きくて「いまはどっちともつかない心境かな」と、苦笑してみせる。

「実を言うとね。惣輔さんがこっちにきてすぐに、一度訊いてみたんだ」

「親父に？」

「父親になるってどんな気持ちでしたか、って」

そうしたら、「最高だよ！」という答えが即座に返ってきたのだという。

（いかにも、親父らしいな）

粧子とは正反対の意見に思わず笑うと、「まあ、そのあと一発殴られたけどね」と一尉が頬を押さえてみせる。

「えっ」

「妊娠も出産も負担がかかるのは日夏なのに、そういうことに対して不用意すぎるって」

「あー……」

「その点に関しては、俺も心から反省してるよ」

いつになくしおらしい態度で、一尉が目を伏せる。

そこについては確かに厳重注意を促したいところだが、それは何も一尉ばかりではない。自分だって、自身の体質について無頓着すぎた自覚はある。

（そーいうの、いつも一尉に任せっきりだったもんな……）

だからそれは、二人揃っての反省点だ。

頬に手を添えてよくよく目を凝らすと、顎のあたりにうっすらと痣《あざ》になっている部分があった。触れるといまだに少し痛むらしく、一尉が眉間にしわをよせた。日夏に心配をかけるからと痣の色味だけは誤魔化したものの、自戒の意味も込めて治癒は受けなかったのだという。

「ぜんぜん気づかなかった……」

一尉の不調をこんなところでも見逃していた自分に落ち込んでいると、一尉が俯いた日夏の顎に手をかけてきた。持ち上げられて、悪戯げな色を浮かべた瞳と目が合う。

「気づかせなかったんだよ、俺が。――でも、もし気に病んでるんなら」

一尉からのリクエストを耳打ちされて、日夏は躊躇いながらも一尉の膝の上に移動した。

「……いくぞ」

対面で向き合いながら、一尉の首に手を回す。それから身を乗り出して、薄い唇に自身の唇を押しあてた。二度ほどくり返してから、わずかに唇を離して問いかける。

「これで満足かよ」

「かなり。でも、もっと熱いのも欲しいかな」

吐息交じりの要求に応えて、日夏はほんのりと耳元を染めながら首を傾けた。唇を重ねながら、うっすらと開いていた隙間から、おずおずと舌を差し入れる。

キスなんて数えきれないほどしてきたけれど、自分から仕掛けたのは数えるほどだ。それも勢いに任せてか、欲情に流されての結果がほとんどだ。こんなふうにじっくりと、待ち構えている唇を相手にするのは初めてに近かった。

「ん……」

舌を絡めようとするも、うまくいかなくて空振ってしまう。

（にゃろう）

焦れったくなって上唇に噛みつくと、一尉が喉の奥で笑うのがかすかに聞こえた。

「ん、ンっ」

ようやく協力的になった舌と粘膜を絡め合わせながら、夢中で一尉の唇を求める。そのさなか。

（う、わ……っ）

無意識のうちに腰をくねらせていたことに気づいて、日夏は一気に耳を赤くした。

はたしてそれに気づいているのかいないのか、一尉は日夏の腰を抱きよせながらも、あくまでもキスだけに集中している。

薄目を開けると、すぐそこに藍色の瞳が見えた。向こうも薄く開いた視界でこちらを見ていたのだろう、より積極的になったキスに翻弄されて、日夏は慌てて目を閉じた。

「ふ、ぅ……ンっ」

呑み込みきれなかった唾液が、唇の端から溢れそうになる。それを舐め取った一尉が、日夏の下唇をそっと甘噛みしてきた。

「ンっ、む……っ、んン……っ」

いつになく積極的に舌を動かすと、一尉もそれに応えてくれる。

だが唇も舌もよく動くのに、日夏を抱きよせる腕には相変わらず何の動きもなかった。いつもならとっくに悪戯をはじめていておかしくない指が、ただ支えているだけだなんて——。

やがてキスを終えると、一尉がそっと日夏の頬に手を添えてきた。

「今日はこれくらいにしておこうか」

焦らしではなく本心でそう言っていることが、一尉の労しげな眼差しからも伝わってくる。

「一尉……？」

「今日は反省したばかりだし、大人しく引き下がるよ」

キスだけでそれ以上のことはしないから安心して、と微笑まれるも。

（そうじゃなくて……）

これだけだなんてあまりにも物足りなくて、日夏は一尉の服を手早く脱がせにかかった。

陰性の確認が取れたいま、ようやく最後までできるようになったというのに――。

「日夏？」

「ここでやめるとか」

生殺しかよ……と小さく呟いてから、一尉の腰にすでに兆しの出ていた自身を押しつける。

「おまえだって、ヒートきてるくせに……また我慢する気かよ」

「そうだけど、でも」

「俺ならいいから。――つーか、俺が」

おまえを欲しいんだよっ、と早口に言い捨てると、日夏は一尉のシャツの前を開いた。それから自分のシャツも脱いで、そこらへんに放り投げる。性急な手つきで一尉のベルトに手をかけると、それを制するように一尉が日夏の両手首をつかんできた。

「待って、日夏」

「待たない。放せって」

手首の拘束を外そうと両腕を振るも、一尉の手は頑として外れない。

「すごく嬉しいけど、待って日夏――本当に」

真摯な眼差しで覗き込まれて、日夏はようやく抵抗を諦めた。

「……何だよ」

知らず拗ねた口ぶりになりながら首を傾げると、一尉が自身を落ち着けるように深呼吸した。

「もしかしてだけど、日夏もヒートきてるんじゃない？」

「え」

言われてみれば――。この衝動には覚えがあった。一尉が欲しくて仕方なくて、いまにもむしゃぶりつきたいみたいなこの性衝動は、確かにヒート時特有のものだ。

「そう、かも……」

弱ったようにそう零すと、手を離した一尉が宥めるように日夏の頰を撫でた。

「二人ともがヒートじゃ、気をつけないと。でしょう？」

「う、ん……」

「でも、俺も久しぶりだから、加減できる自信がまったくないんだ。挿《い》れないで終われる気もしないし、そもそもいつまでかかるか……だから、今日はやめておいた方が無難だと思う」

俺も本当にきついんだけどね、と一尉が切なげに眉をよせて熱い息をつく。

互いに余裕がないのは、一目瞭然だった。

「でも――」

行為中に『変化』さえしなければいいんじゃないかと日夏が提案すると、一尉は考えをめぐらせるように一度目を瞑《つむ》った。数秒後、藍色から紺色に変わった瞳が開かれる。

「その場合、避妊具や道具だけじゃ不安があるから、君の能力を使って制限することになるけど、それでもいい？　つらいことになるよ、きっと」

以前にも何度か、そういう目に遭わされたことはある。

日夏の持つ能力『感染《インフェクション》』は、己の体液に感染させた者を「言葉のままに操る」力だ。一尉はそれを使って、日夏の『変化』を防ごうというのだ。

「それでも……いい」

制限を施されて、たとえ満足にイけなかったとしても、それでも一尉が欲しくて。昂《たかぶ》りすぎた欲情のせいでほろりと涙を零しながら、日夏は一尉を求めた。

「――じゃあ、そうするよ」

ん、と頷いた日夏に、一尉が軽くキスをする。そのほんのわずかな間で、能力を奪った一尉が日夏の体を支配下に置くのがわかった。

「俺がいいって言うまでイけないよ。でも後ろでなら、何回イッてもいいからね」

そう耳元に囁かれただけで、日夏は早くも軽い絶頂を迎えた。

「んン……ッ」

ぴくぴくと腰を震わせながら甘い快感を貪っていると、一尉がそれを助長するように布越しに日夏の屹立に手を添えてきた。ゆっくりと撫でさすられて、それだけであられもない声が漏れてしまう。日夏の中身が完全に膨らんだところで、一尉が今度は逆に、日夏の手を自身へと宛がった。

「あ……」

その硬さに触れただけで鳥肌が立つ。期待で胸の奥と、体の奥深くとがきゅん……と疼いた。

待ち遠しすぎるそれを早く引っ張り出したくて、一尉のスラックスに手をかける。一尉に見守られながら前立てを寛げてアンダーウェアを引き下げると、中からほぼマックスに近いそれが勢いよく首をもたげた。

切れ目にはもう粘液が滲《し》み出していて、思わず指先で塗り広げると一尉が湿った吐息を漏らす。形を確かめるように両手で幹を扱《しご》くと、ぐぐっと角度がさらに増した。

（これが、欲しい……）

熱心にこすりながら、一尉と目を合わせて希《こいねが》う。

言葉なき懇願に、一尉が苦しげに眉をよせてから「ごめん」と小さく零した。

「本当に、余裕ないから――」

一尉の手がいつもより乱暴に、残った日夏の服を脱がせにかかる。

優しくできないかもしれない……と囁きながら、それでも必死に自制しているのだろう、一尉が日夏の脚からゆっくりとスラックスを抜いた。膝立ちになってそれを手伝いながら、日夏はボクサーパンツを自らの手で下げた。軽い絶頂のせいで、すっかり濡れそぼった屹立を引き出して。

「んんン……ッ」

一尉自身にこすりつける。――そこからはお互いに夢中だった。

まとめて握りながら腰を前後させると、すぐにいやらしい水音がしはじめる。にちゃにちゃと粘液を鳴らしながら、日夏は左手で一尉の首に縋った。

「ン……ぅっ、あ……っ」

唇を開いて熱い口内を舐め合いながら、合間に喘いで、また舌を絡める。

粘膜をこすり合わせる感覚が、上と下とで連動しているような気がしてくる。一尉の手の動きが次第に激しくなって、日夏は絶頂を目指すうねりに身を投じた。

「……ッ」

やがて一尉が、最初の射精を迎えた。

飛沫のほとんどを掌で受け止めた一尉が、膝立ちになった日夏の隙間に指を差し入れてくる。ずっと待ち望んでいたそこに触れられて。

「——……っ」

日夏はまたも軽い絶頂で顎先を上げた。ぬるりと入り込んできた指があっという間に二本になって、久しぶりの窄まりを慣らしていく。

(早く、はやく……っ)

心中だけで念じていたはずなのに、気がついたらうわ言のようにそうくり返していた。それを宥めるようにキスされて、達してもまるで萎えなかった屹立をまたまとめてこすられる。

三ヵ所の粘膜を同時にこすられて、日夏は薄れそうな意識で恍惚《こうこつ》に溺《おぼ》れた。

「んンー……っ」

一尉の長い指先が、弄られるとおかしくなりそうな中のポイントを捉えてくる。ぐちゅぐちゅと耐えがたい音を立てているのが前なのか後ろなのか、わからないまま夢中で快楽を追う。

「……っ、ぅ、ン……っ」

一尉によって吹き込まれた「言葉」が効いているのか、日夏の体は無意識に前よりも後ろの感覚を貪ろうとしていた。この数週間、指すら入れられていなかったそこが、必死に一尉の指を呑み込んで咥《くわ》えようとしているのがわかる。

（もっと奥まで、たくさん欲しいのに……っ）

それが叶わなくて、泣きたくなってくる。いま手にしているこの逞しさでそこを埋められたら、どんなに気持ちいいか——想像しただけで、窄まりの奥が濡れた気がした。

「——っ、は……ぁ……っ」

キスしながらの前後の責めがようやく途切れたときには、二人ともすっかり息が上がっていた。それを整えるようにしばしの小休止を挟んでから、一尉が日夏の体を前へと誘導してくる。

（あ……やっと……）

指で入念に慣らされたそこに、一尉の膨らみきった先端を宛がわれた。いちばん太い部分がゆっくりと押し入ってくる。その感触だけで、日夏は制限のかけられた屹立から粘液を飛沫《しぶ》かせた。

一尉の昂りが、少しずつ奥へと進んでくる。

「んっ、ン……っ」

そのたびに先走りを迸らせながら、日夏は絶頂とほぼ変わらない快感に身悶えた。

一尉に腰をつかまれているので、どんなに身をよじっても快楽からは逃げられない。ようやく半分が入った頃には、日夏は息も絶え絶えになっていた。

「平気……?」

挿入前に一度達しているからか、一尉の方にはまだ余裕があるらしい。

肩で息をする日夏を気遣うように、一尉が表情を窺ってくる。それに頷いたんだか首を振ったんだか、もはや自分でもわからなかった。ただ開かれている後ろがたまらなく悦くて、それだけが日夏の頭をいっぱいにしていた。

(こんなに気持ちよかったっけ……?)

久しぶりだからなのか、それともヒートの影響なのか。

日夏は軽くしゃくりあげながら、「イイ」と「もっと……」をくり返した。

「ここ、好きだよね」

「——……っ」

屹立の先で前立腺を捉えた一尉が、ゆっくりと腰を前後させる。

「自分でもいいように、動いてみて」

一尉の言葉を受けて、ひとりでに動きはじめた体が一尉の先端にそこばかりをこすりつけるようにグラインドをはじめる。

「あ、だめ……ダメ……っ」

悦すぎてつらいから、もう少しインターバルを置きたいのに。

「やめっ、あ……っ、止まん、なぃ……っ」

素直な体はこれでもかと、イイところを押しつけて一尉を扱き立てた。ずれないように根元を利き手で固定しながら、ごりごりと音がしそうなほどの角度をつけて自らこすりつける。

射精は禁じられているものの、生理的に滲み出してきた白濁が先走りに交じりはじめる。触れられてもいない屹立から、溢れた粘液がたらたらと一尉の下腹部に垂れた。

「——……ッ、……っ、く」

ドライアクメで目の前が真っ白になる。

射精と違って、イッてもイッても終わらない快感に、日夏は泣きながら腰を震わせた。アクメのたびに先端がぱくぱくと口を開いて、止めどなく粘液を垂れ流す。

「気持ちいいんだね、すごく」

うっとりとした一尉の言葉に答える余裕もなく、日夏は自らの欲望に突き動かされるようにして腰を振りたくった。

「ぁ……、ア……」

一尉の許しが出たときには、イきすぎた先端が快感で痺れたようになっていた。

「ン……っ、ん……」

真っ赤に色づいたそこを優しく指で撫でられて、直接的な刺激にまたカウパー液が溢れてくる。

「こんなにぬるぬるにして……後ろでイくの、上手になったね」

「んっ、もぅ……や……」

イけはしても出せないそこをこれ以上弄らないでと言いたいのに、快感で追い詰められたせいでうまく舌が回らない。そんな日夏の様子すら愛でるように、一尉はしばらくの間、日夏の先端を撫で回し続けた。

「指先を吸おうとしてるみたい、ほら」

先端のひくつきをより感じようと、一尉が濡れた切れ目を執拗に撫でてくる。やがてしゃくりあげはじめた日夏を優しく宥めてから、一尉がぐっと腰を進めてきた。

「あァ……ッ」

さらに深くへと潜り込んできた屹立が、次なるポイントを目指しはじめる。

「じゃあ、次はコッチだね」

「あ……まって、そっちは、まだ……っ」

開発されてから日が浅いソコは、日夏には快楽が深すぎて怖いポイントだった。いちばん奥を一尉の太さでこね回されると、わけがわからなくなるくらい感じてしまうのだ。

だからもし、そこで同じことを命令されたら――。

「むり……」

涙声で哀願すると、一尉が「大丈夫だよ」と日夏の頬に優しく口づけた。

それから潜めた囁きで、酷な台詞を耳元に吹き込んでくる。

「奥で、気が済むまで味わってごらん」

「――……ッ」

首を振って拒むも、能力には抗えない。

体重を使ってもっとも深くまで一尉を呑み込んだ体が、最奥で捉えた一尉の先端をしゃぶり回すように腰を回しはじめた。

「ンぁあっ、ア……っ、ああァッ」

体の奥深くからこれ以上ないほどの快楽が込み上げてきて、日夏は追い立てられるように喘ぐことしかできなかった。

「日夏の奥、すごいよ……先だけ吸いながら舐められてるみたい……」

この深さでの交接は、一尉にも快感をもたらすのだろう。もうこれ以上はないと思っていたのに、最奥に嵌まったままの先端がまたぐっと膨らんだ気がした。

「ああァ――……ッ」

すでに絶頂のさなかにあるというのに、サイズの増した屹立に新たな絶頂を強いられてがくがくと全身が痙攣《けいれん》してしまう。

「うそ……ま、また……あァァ……ッ」

何度首を振りたくっても、圧倒的な快感からは逃れられなくて。

（無理……こんなの……っ）

日夏は夢中で、自身の体を追い込み続けた。

さっきまでと違い、屹立から粘液が迸ることはない。どこからくるのかわからない快楽のうねりに呑み込まれながら、日夏は忘我の境地で肉欲に耽《ふけ》った。

「――頑張ったね、日夏」

やっとのことで許されたときには、だらしなく開きっ放しになった口から、溢れた唾液が胸まで伝っているような有様だった。それを一尉に舐め取られる。

「あ、……ぁ……」

ようやくのインターバルに、日夏は遠くなっていた意識を少しずつ取り戻した。

「むりって……いったのに……」

途切れ途切れの抗議に、一尉が苦笑しながら首筋にキスをくれる。

「優しくできないかもって、俺は言ったよ？」

「こんなにひどくするなんて……きいてねーし……」

後ろだけで、ここまで感じさせられたのは初めてだった。

前で達するのと、後ろで達するのとでは絶頂の種類がまるで違う。

射精なら終われば自然と熱も冷めていくが、後ろイキはほとんど切れ目なく続くので、まともに息をつく暇もなかった。全力疾走させられたかのような疲労感と息切れに見舞われて、とてもじゃないが体に力が入らない。

「一回抜くから、つかまってて」

くったりとした日夏の腰に片手を回して支えながら、一尉がもう片方の手で膝裏をすくう。まだ充分な大きさと太さを持ったそれが、ゆっくりと中から引き出されていった。

（あ、あ……、ァ……）

一尉の首に両手で縋りながら、唇を噛んでその喪失感に耐える。

雁首《かりくび》が抜けてしまうとあまりにそこが寂しくて、無意識のうちに首を振っていた。

「日夏……？」

「……はやく、ほしい……」

いつもなら、ぜったいに自分からなんてねだらないのに。

欲しすぎて、切なすぎて——。もう、どうにもならなかった。

「じゃあ、今度は後ろからいくよ」

ソファーから下ろされて、ラグの上で後背位の姿勢を取らされる。

両腕を突っ張っていられなくて、すぐに崩れてしまった上半身同様、倒れかけた腰を一尉の手が支えてくれた。さらに、その支えを強化するように。

「あアァ……ンっ」

濡れた窄まりを一気に開かれて、高さを固定される。

ラグの毛足に頬を押しつけながら、日夏は期待以上の充足感に下半身を蕩かせた。

（いい、すごく……）

緩やかな律動がはじまって、そのたびにぴくぴくと内腿や腰が震えてしまう。前立腺による軽い絶頂と、最奥による深い絶頂とが交互で日夏の体を訪れた。

気持ちいいけど、それだけじゃなくて――。

この感覚を何て言うのか、やがて本能が教えてくれた。

（あ……美味しい、これ……）

口いっぱいに一尉の屹立を頬張りながら、その太さと長さと凹凸をあますところなく味わう。それがたまらなく美味しくて、日夏は上からも下からも涎《よだれ》を垂らしていた。

「――…………ッ」

何度目かわからないアクメで背筋を戦慄《わなな》かせたところで、一尉がラストスパートに入る。

「俺がイッたら、日夏も一回だけイッていいよ」

「……っ」

その囁きを聞いた途端、勃ち上がりの緩くなっていた日夏の屹立が急に芯を持って漲《みなぎ》りはじめた。

それを一尉の手につかまれて、にちにちと音を立てて扱かれる。

「やっ、ヤメ、やぁ……ッ」

こすられるのがつらくて首を振ると、今度は先端だけを握って親指の腹で蜜口を撫で回された。さつき撫でられたときよりも強めの愛撫《あいぶ》で、過敏な粘膜の隅々までを粘液の滑りを使ってとことん苛《いじ》められる。そっちの方がもっとつらくて、日夏はまたも泣きじゃくっていた。

やがて一尉が、二度目の絶頂を迎える。

同時に、日夏も今日初めての射精をラグに放った。

「————……ッ、……っ、あ」

両手でラグの毛足をつかみながら、狭い隙間を勢いよく白濁が通り抜けていく快感に酔う。ようやく得られたウェットな絶頂は、我慢させられていた分、意識が飛びそうになるほど強烈だった。

「……っ、く」

中にいる一尉の形が、その脈動がくっきりとわかるほどに、断続的に中の締めつけが増す。それがたまらないのか、今日は一尉の絶頂も長かった。

「………ごめん、日夏」

いちばん奥に最後まで放ってもなお、一尉の屹立は萎えなかった。ヒートの影響は甚大だ。それは日夏も同じで、これだけシても体はまだ満足していないのがわかる。

「なあ……」

顔が見たいと要求すると、一度抜いた一尉が日夏の体をゆっくりと反転させた。

「ん……っ」

動いた拍子に、窄まりからとぷっと白濁が溢れ出てきた。いつもより量が多いのもヒートの影響だ

ろう。膝を立てながら仰向けになった日夏の顔を、心配げな一尉の瞳が覗き込んでくる。もう一回、と言う代わりに、日夏は両手を広げて一尉を求めた。

「あ、ア……ぁア……っ」

今度は正常位で一尉を迎え入れる。あたるところが変わって、それだけで背筋が震えた。軽い絶頂で背中をしならせると、一尉も悦かったのか、眉をよせて快感に耐えるのが薄目の向こうに見えた。

(ああ……)

やっぱり顔が見える方がいいなと思って、一尉に手を差し出す。それに応えて指を絡めてきた一尉と片手を繋いだ途端、言いようのない安心感が込み上げてきた。

一尉のゆったりとしたストロークがはじまる。このペースでは、次に向こうが達するのはいつになることか。先が見えなくて少しだけ不安になるも、でもいまはこうして繋がっていられるのが何より幸せに思えた。

(今日は、俺もヒートだし)

最後まで意識あるまま、付き合えるはず——。

絡めた指に力を込めると、一尉が穏やかに微笑むのが見えた。

この夜が二人の最長記録になったことを日夏が知るのは、翌朝を迎えてからだった。

週明けから二日ほど休んだ日夏が登校してみると、学院はすっかり平常どおりだった。

「ああ、森咲くん」

昼休みに食堂で千柄と会い、その口から直接、本家の話を聞くこともできた。

貴和子の処分はまだ審議中ではあるものの、かなり重いものになるだろうということだった。

「場合によっては警察に引き渡された方がましだった、ってことになるかもね」

千柄が苦い顔で首を竦めてみせる。一族に故意に汚名を着せようとしたのだから、その報いはそれ相応のものになるだろう、ということらしい。

加担した分家筋の者たちは全員未成年だったこともあり厳重注意に留まったが、プレシャスですでに実行犯として手を染めていた万結には、成人していることもありそれなりの処分が下るようだ。記憶を弄られていたとはいえ、疑問に思う余地はあったはずだというのが本家の言い分らしい。

「でも、あれから粧子さんがきてね」

長兄が犯したと「自供」している金庫室への侵入に対して、懐疑的な意見を述べたのだという。

万結のような他人のプライバシーを侵しかねない能力を持つ者たちは、自らの保身も兼ねて能力の制御アイテムを自主的に身につける傾向がある。その例に漏れず、万結は制御用のイヤーカフを常用していた。それを外した形跡がないので、万結が本当に能力を使ったのかは怪しいというのが粧子の言い分だった。

『大方、見栄を張ったんでしょ？　長兄にそこまでの能力と度胸があるとは思えないし。だいたいそのイヤーカフ、外せば記録が残るはずなのに、あんたここ何年もそれ外してないじゃない？』

『そ、そんなことは……っ』

『はい、ダウト。嘘は無駄だって言ったろ？』

そんな問答の挙句、宗家が長兄をないがしろにするからこうなるんじゃないの、と話を混ぜっ返してから、粧子はさっさと本家を辞したという。

「在学中、兄さんの能力はポーンの評価を受けてたけど、本当ならビショップ以上の評価を受けててもおかしくなかったんだ。でも、兄さんは自分の能力を恥じてたから……少しでも無害をアピールしたくて、実際よりも弱く振る舞ってたんだと思う」

制御アイテムは申告した魔力量によって調整されるので、実際はイヤーカフをしていても能力のほとんどを使えたというのが真相らしい。それについて千柄は黙秘したので、粧子の見解を受けて万結の処分については再検討することになったという。恐らくは当初の予定よりは軽くなるのではないか、というのが千柄の予想だった。

「それって、さ」

「――うん」

一緒に聞いていた一尉と目を合わせながら、あの日聞いた粧子の言葉を思い出す。

「これが、あの人なりの埋め合わせなのかもしれないね」

そのわりには万結の面目を潰しているような気がして何だか同情を禁じ得ないのだが、粧子らしいとも言える。実際に、粧子自身も判定ではきちんと真実を言っている。

（イヤーカフの件でだけ、だけど）

何はともあれ、窃盗未遂事件に関してはこれで幕引きとなるだろう。

今日はいつものテラスではなく、千柄と共に温室で昼食を取ることになった。ガラスのドーム内に周囲のざわめきが心地よく反響する。

「森咲くんの件は、残念だったね」

窓際の四人席で向かい合った千柄が、どこか労しげに眼差しを細める。

「うん、確かにそれもあるんだけど……」

やっぱりほっとしたっていうか、と続けると千柄が「そっか」と小さく頷いてみせた。

「まあ、この年でママってのも大変だもんね」

「なってみたかった気持ちはあるけどな」

母の逞しさが身につけば、この顔が周囲に放つ「愛らしいイメージ」ともおさらばできると意気込んで語るも、二人の反応はあまり芳しくなかった。

「そのイメージはあくまでも、口を閉じてた場合に限られるんじゃないかな」

「日夏は、自分で自分がよくわかってないよね」

「あ？　どーいう意味だよ」

曰く、日夏の容姿は確かに少女然とした愛らしさを持っているけれど、中身があまりにかけ離れているので、少しでも付き合いのある人物なら見た目に惑わされたりはしないということだ。

「それって、いいこと？」

「みんな君の外見じゃなくて、内面を見てくれてるってことじゃない」

（あ、なんだ）

長年の肩の荷がまたひとつ下りた気がして、日夏はふにゃっと笑ってみせた。

「その顔は可愛すぎるから、ちょっと」

途端に横から伸びてきた一尉の掌が、千柄からの視線を遮ろうとする。

「……おまえな」

「冗談だって」

澄ました顔でそう返されるも、一尉はなかなかその手を下ろそうとはしなかった。それを千柄が微笑ましそうに眺めている。

「でもそしたら、どうして不調だったんだろうね」

千柄の抱いた疑問は、昨日までの日夏にとっての不思議でもあった。

「あー……それがどうやら」

自身も同じ経験をしたという古閑の知人から回ってきた情報によると、初めての『変化』はそういった不調を招きやすいのだという。

「そういうことだったんだ」

「紛らわしいよな、ホント……」

そのせいで妊娠したと勘違いするケースも多いが、中には本当に妊娠している場合もあるので「大事を取ったのは正解だったと思うよ」とは、その知人だという半陰陽からの伝言だった。

ついでに「何かあったら同じ半陰陽同士、助け合おうね」とも言ってもらえたので、日夏としてはかなり心強かった。雌体なら身近に一人いるのだが、雄体とはこれが初めての縁になる。

「にしても初めて経験したけど、食欲不振ってまじつらいのなぁ」

「これだけ食べて、胃もたれしない方が俺は驚きだけどね」

日夏の前に並ぶプレートの多さに、千柄がわざとらしく目を剝いてみせる。

「あ」

そんな他愛ないやり取りのさなか、ガラスの向こうを万結が通りすぎていくのが見えた。今日から万結も、職場復帰しているらしい。

「——俺も、あの人には償わないとな」

中庭での一幕について思い出したように語った一尉に、千柄が「確かにあれはね」と同意してみせる。あれが芝居だったことはすでに万結の耳にも入っているだろうが、あの場にいたほとんどはそのことについて知らないわけだ。

「そのために、週末の試合では僕に負ける気でいるんでしょ？」

「当然」

それで少しは彼の溜飲も下がればいいんだけど、と一尉が嘆息交じりに零す。

事件が解決したいま、あのまま立ち消えになるかと思われていたバトルだが、今週の土曜に振り替えられることになったと聞いている。楽しみにしている向きがそれだけ多かったのだろう。その中には、学院長自身も含まれていると聞く。

「手を抜かれるのは癪だなぁ」

千柄のぼやきをスルーした一尉が、「水もらってくるね」と空になった日夏のカップを手に席を立つ。それを見送ってから、千柄がふいに楽しげに萌黄色の瞳を輝かせた。

「ところで、なんだけど」

「何だよ」

「アレ、まだ一尉に言ってないよね？」

壁ドンの件を持ち出されて、そういえばそんなこともあったっけな……と思い返す。

「まだだけど」

「なるほど。——カンフル剤としてはちょうどいいかな」

「え」

「試合直前に持ち出せば、きっと一尉も奮起するよね」

そうじゃないと面白くないし、と千柄が食えない笑みを満面に広げた。

「あー……」

確かにその手は有効だろう。それにそうすれば、一尉に投じた賭け金も無駄にはならないかもしれない。当日までは内緒にすることを誓い合ったところで、一尉が温室に戻ってきた。

「何の話？」

「何でもないよ。じゃあ、そろそろいくね」

教室に戻るという千柄と入れ替わりに、一尉が向かいの席に腰を下ろす。

「千柄と、ずいぶん仲良くなったね」

「そうでもねーよ？　でも、いずれ親戚になるわけだし」

仲いいに越したことはねーだろ、と続けると、一尉が「まあね」と面白くなさそうな顔をしつつも同意してくれる。最近、少しずつだが日夏も一尉を煙に巻けるようになってきた。

互いに対して、それだけ理解が深まってきている証拠だろう。

「まだ、いつかなんて考えちゃいないけどさ」

一尉との間に新しい家族を持てたら――。そんな未来について、真剣に考えられた今回の件はいいきっかけになったと告げると、一尉が「本当にね」と笑ってみせる。

「そろそろってなったら、今度は準備万端で迎えたいね」

「だよなぁ」

妊娠にしろ、出産にしろ、日夏にとって未知の領域なのは未来でも変わらないけれど。

（覚悟だけはいち早く決められたから）

未来に対して、以前よりもさらに前向きになれる気がした。

「そういやルイたち、まだいるって？」

「あ、さっき惣輔さんからメールきてたよ。明日帰るから、今晩夕食でもどうかって」

「いんじゃね？」

陰性だったことはすでに告げてあるが、顔を見て報告しておきたい気持ちもある。

日夏が妊娠していなかったことについて、惣輔もだが、ルイもことのほか残念がってくれた。今回は予想外のことだったので報告も一尉任せになってしまったが、次は自分の口できちんと伝えようと思う。惣輔はもちろんだが、もはやルイも日夏にとっては家族のような存在だから。

「――あの、さ」

呼びかけに応じた一尉が、わずかに首を傾げてみせる。

「今後とも、末永くよろしくな」

一尉に向けて小指を差し出すと、一瞬だけ目を瞠った一尉が同じように小指を絡めてきた。

「こちらこそ」

この先に何が待ち受けていようとも、一尉となら乗り越えていける――。

その実感を込めて、日夏は指先にそっと力を入れた。

言葉が足らなくてすれ違うことも。互いを思いすぎるあまり、状況を見失うこともあるだろう。

（いままでがそうだったみたいに）

でも、そのたびに積み重ね、深めてきた信頼と愛情がきっと背中を押してくれるだろう。

それに自分たちには、同じように背中を押してくれる友人や家族がいる。それがどんなに幸せなことか、この数ヵ月で思い知った気分だ。

「日夏といられて、いまも充分すぎるくらい幸せだけど」

一尉の言葉に、目を合わせたまま頷く。

「もっと幸せになろうね」

だな、と笑ってから、日夏は身を乗り出して繋いだ指先にキスをした。

途端に周囲がざわついた気もするが、今日は不思議なくらい気にならなかった。

出会って以来、毎月のように波乱含みの日々を送ってきたけれど。

（いつか、産まれてくる子供に――）

こんなことがあったんだよ、と二人の日々を語れる日がいまから待ち遠しくてならなかった。

あとがき

こんにちは、桐嶋《きりしま》リッカと申します。

本作はグロリア学院シリーズとしては八作目、日夏《ひなつ》と一尉《いちい》の話としてはもう何年ぶりかという続編になります。一冊目の時点ではこんなに長く書かせていただけることになるとは思いもせずでして——感無量の思いです。これもひとえに応援し続けてくださった皆様と、懐の深い編集部様のおかげですね。本当にありがとうございます。

『椎名《しいな》』→『佐倉《さくら》』→『森咲《もりさき》』ときて、今回ようやく『吉嶺《よしみね》』の話をお届けできました。構想自体は二作目あたりからありましたもので、無事にご披露できて嬉しい限りです。個人的には千柄《ちづか》が気に入っているのですが、粧子《しょうこ》といい、『吉嶺』の血筋は曲者ぞろいといいますか……一尉も確実にこの血を引いているんだなぁ、となんだか感慨深かったです。

日夏たちはこのあともきっと、多種多様な波乱を乗り越えているのではないかと思うのですが、シリーズとしましてはこちらでひと区切りとさせていただきます。ここまでたどりつけたこと、そしてそのために尽力してくださったすべての方々に御礼申し上げます。

あとがき

ならびに、本書が皆様のお手元に届くまで、各所で携わってくださったたくさんの方々にも心からの感謝を捧げます。

このうえない彩りと、圧倒的な筆致で最後までシリーズを支えてくださったカズアキ様。お忙しい中、本当にありがとうございました。カバーイラストの小悪魔的な表情の日夏に、春からの数ヵ月での成長を垣間見た気がしました（立派になって……感涙）。

執筆中に何度も迷い道に入り込みそうになる私を、辛抱強く、温かく導いてくださった担当様。本当にお世話になりました。ありがとうございました！　そして、ここに及ぶまでの旅路を共に歩んでくださった歴代の担当様にも、最大級の感謝を送ります。

いつも私を支えてくれる家族、執筆作業を誰よりも近くで見守ってくれた二匹の愛猫、オンでもオフでも私を励ましてくれた友人たち。本当にありがとう。

そして長きにわたりシリーズをご支持くださり、応援してくださった皆様、最後までついてきてくださってありがとうございました。皆様のおかげでここまでくることができました。二人の今後や家族が増えた未来など、もし機会があればまたどこかでご披露できたら幸いに思います。どうかその日まで、皆様の心の片隅にでも、グロリアの世界を留めておいていただけると嬉しいです。

それでは、遠からずお目にかかれますように――。

桐嶋リッカ

この本を読んでの
ご意見・ご感想を
お寄せ下さい。

〒151-0051
東京都渋谷区千駄ヶ谷4-9-7
(株)幻冬舎コミックス　リンクス編集部
「桐嶋《きりしま》リッカ先生」係／「カズアキ先生」係

リンクス ロマンス

愛と欲望のロマネスク

2019年1月31日　第1刷発行

著者……………桐嶋《きりしま》リッカ
発行人…………石原正康
発行元…………株式会社　幻冬舎コミックス
〒151-0051　東京都渋谷区千駄ヶ谷4-9-7
TEL 03-5411-6431（編集）
発売元…………株式会社　幻冬舎
〒151-0051　東京都渋谷区千駄ヶ谷4-9-7
TEL 03-5411-6222（営業）
振替00120-8-767643
印刷・製本所…株式会社　光邦
検印廃止

ISBN978-4-344-84380-6 C0293
Printed in Japan

幻冬舎コミックスホームページ　http://www.gentosha-comics.net